Ist Betrug gleich noch so klug,
gibt sich letztlich doch ein Fug,
daß er nicht ist klug genug.

Friedrich von Logau
(1605 - 1655)

Wolfgang Voosen

BETRUG

Kriminalgeschichten
aus der Versicherungsbranche

Bibliografische Information der Deutschen Nationalbibliothek:

Die Deutsche Nationalbibliothek verzeichnet diese Publikation in der Deutschen Nationalbibliografie; detaillierte bibliografische Daten sind im Internet über http://dnb.dnb.de abrufbar.

© 2023 Wolfgang Voosen

Herstellung und Verlag: BoD – Books on Demand, Norderstedt

Umschlaggestaltung Birgit Schroeter, Köln

ISBN: 9783743153899

Ein paar Sätze vorweg

Bisher habe ich mich bei meinen Büchern immer gesträubt, mit einem Prolog zu beginnen und zum Schluss auch noch einen Epilog folgen zu lassen. Mein Vorbehalt gegenüber dieser Art von Anfang und Ende drückte ich kurz und knapp in einem meiner Gedichte aus:

> *Pro und Epi*
> *Wie nach Plan*
> *steht im Roman*
> *gleich zu Beginn*
> *ein Wort mit Sinn.*
> *Da lügt der Pro*
> *und ebenso*
> *fügt Epi behände*
> *ganz am Ende*
> *seinen Sermon hinzu.*
> *Dann hat der Leser Ruh´.*

Okay, den Prolog werde ich Ihnen ersparen. Was allerdings den Epilog betrifft, konnte ich in diesem Buch nicht ganz auf ihn verzichten. Insoweit bin ich mir untreu geworden.

Denn ein wenig sollen Sie auch über das in allen Gesellschaftsschichten verankerte Phänomen des Versicherungsbetrugs erfahren. Dazu gehören seine Historie und die negativen Auswirkungen auf die Versicherungsbranche.

INHALTSVERZEICHNIS

VERSCHOLLEN	7
KOFFER	19
GIER	30
KREISSÄGE	42
ARMBANDUHR	49
GELDWÄSCHE	61
DISCO	69
MICKY MAUS	83
BADEWANNE	96
ÖLSPUR	103
PHILHARMONIKER	111
KLADDE	117
FAHRBAHNWECHSEL	127
FREUNDSCHAFT	134
BENZINKANISTER	141
UNTERSCHRIFTEN	153
BEULEN	168
TERZETT	178
MALLORCA	194

VERSCHOLLEN

Seit ihrem gemeinsamen Studium in Münster waren Christian Haffner und Martin Hauser eng befreundet. Beide hatten Sport und Englisch auf Lehramt studiert. Der eine war Oberstudienrat an einem Dortmunder, der andere Studiendirektor an einem Bochumer Gymnasium. Sie waren Ende 40. Ihre Geburtstage lagen nur zwei Wochen auseinander. Der fünfzigste sollte im nächsten Jahr zusammen groß gefeiert werden.

Ihre Frauen, Sekretärinnen an der Technischen Universität Dortmund, hatten sie während ihrer Studienzeit bei einem Universitätsball kennengelernt. Unmittelbar nach Abschluss des Studiums fand eine Doppelhochzeit statt. Die Freundschaft zwischen den kinderlosen Paaren wurde von Jahr zu Jahr enger. Fast sämtliche Urlaube fanden gemeinsam statt, meist auf den westfriesischen Inseln in den Niederlanden. Die finanziellen Verhältnisse waren gut. Elke und Christian Haffner bewohnten ein Reihenhaus im Süden Dortmunds, Karin und Martin Hauser eine Eigentumswohnung in Bochum-Ehrenfeld.

Zuerst war es nur ein Hirngespinst, das Haffner bei einem gemütlichen Männerabend während eines im ZDF übertragenen Champions League-Spiels von sich gab. „Weißt du, Martin", begann er zusammenhanglos, „die Versicherungen sind schon ziemlich naiv. Du erinnerst dich doch an den Einbruch vor drei Jahren in unser Hotelzimmer in Griechenland, als uns ein paar Wertsachen und Elke ein Seidentuch sowie eine Umhängetasche von Versace geklaut worden sind. Die war natürlich nicht echt. Hatten wir billig in der Türkei gekauft. Aber die Versicherung hat geblecht, obwohl wir keine Quittung vorlegen konnten. Ein paar ältere Fotos, die wir ihnen zeigten, hatten genügt."

„Die haben dann den vollen Preis, den eine echte Versace kostet, gezahlt?", fragte Martin ungläubig.

„Ja. Abgezogen haben sie lediglich einen Teil vom Neupreis wegen des Alters der Tasche, das wir mit drei Jahren angegeben hatten."

„Da hast du nie was von erzählt. Wie kommst du jetzt da drauf?"

„Mir geht da seit ein paar Wochen so eine Sache durch den Kopf, die mich beschäftigt."

„Schieß los!"

„Weißt du, alles ist so … eingefahren. Auf die Schule habe ich schon lange kein' Bock mehr. Die Gören werden immer aufmüpfiger und scheren sich einen Scheißdreck um das, was wir ihnen beibringen wollen. Der Idealismus, mit dem ich mal als Junglehrer gestartet bin, ist flöten."

„Und was geht dir durch den Kopf?"

„Ich will raus aus der Tretmühle und zwar für immer. Kräftig absahnen und dann tschüss!"

„Lotto spielen", grinste Martin, „oder was meinst du?"

„Nee, da hast du nicht wirklich eine Chance."

„Also ... eine Bank überfallen?"

„Zu großes Risiko. Nein, ich denke an eine Lebensversicherung."

„Aber wenn du tot bist, hat nur Elke was davon."

„Tod ist ein gutes Stichwort. Ich schließe eine hohe Risikolebensversicherung ab und verschwinde dann auf Nimmerwiedersehen."

„Du spinnst!"

„Nein, Martin, ich habe mir das ganz genau überlegt. Ich täusche meinen Tod vor, ohne dass meine Leiche gefunden wird. Elke lässt mich dann für tot erklären und kassiert die Versicherungssumme."

„Du weißt aber schon, dass du erst nach zehn Jahren für tot erklärt werden kannst."

„Im Normalfall schon", fiel Haffner seinem Freund ins Wort. „Aber bei einem Unfall auf dem Wasser beträgt die Frist nur ein Jahr. Ich habe mich da im Internet schlau gemacht."

„So? Wusste ich nicht. Und wo soll sich dein Unfall abspielen?"

„Auf Texel. Die Holländer sind vielleicht ein bisschen laxer als die Deutschen, was die Nachforschungen betrifft."

„Du scheinst dich ja tatsächlich schon ziemlich genau mit der Sache beschäftigt zu haben."

„Und ob! Bist du dabei?"

„Wie meinst du das denn jetzt?"

„Wir ziehen die Sache zusammen durch. Du hast doch eigentlich auch kein' Bock mehr, oder?"

„Du meinst, wir schließen beide eine hohe Versicherung ab, fahren zusammen in Urlaub und verunglücken bei einer gemeinsamen Bootsfahrt?"

„Genau das meine ich."

„Wenn du mich fragst, ganz schön riskant."

„Nee, überhaupt nicht. Die finden ein paar unserer Sachen am Strand, suchen nach uns und stellen dann nach zwei, drei Tagen ihre Nachforschungen ein. Offizielle Version: Tod durch Ertrinken."

„Hm, tolle Geschichte. Hört sich nicht schlecht an. Aber ein bisschen Schiss hätte ich schon. Hast du schon mal mit Elke darüber gesprochen?"

„Ja, aber nicht so konkret. Nur mal so vorgefühlt. Hab ihr gesagt, dass ein Kollege von mir so was mal in Bierlaune von sich gegeben hätte."

„Und was meinte sie?"

„Sie fand das clever. Zumindest hat sie sich so ausgedrückt."

„Ich weiß nicht, ob Karin da mitziehen würde."

„Kommt auf einen Versuch an. Lass uns mal nach der Übertragung ins Wohnzimmer zu den Frauen gehen und auf den Busch klopfen."

„Okay, wenn du meinst."

Was als Gedankenspielerei begonnen hatte, entwickelte sich zum konkreten Plan. Am ersten Abend hatten die Ehefrauen Bedenken geäußert. Aber bei einem weiteren Treffen noch in derselben Woche beschlossen sie schließlich gemeinsam, ihr Vorhaben zu verwirklichen.

Der Unfall sollte sich in den Herbstferien ereignen. Bis dahin wollten sie sich zur Vorbereitung ein halbes Jahr Zeit lassen. Nichts überstürzen. Haffner ließ sich von mehr als einem Dutzend Lebensversicherern Anträge schicken. Sie sonderten diejenigen aus, die nach anderweitigen Lebensversicherungen fragten, wie das früher – wie sie wussten – regelmäßig der Fall gewesen war. Jeder von ihnen schloss bei fünf Versicherern mehrere hochsummige Todesfallversicherungen im Gesamtvolumen von knapp drei Millionen Euro ab. Ihre Ehefrauen setzten sie als Bezugsberechtigte ein.

Im Oktober war es dann soweit. Der Segelurlaub auf Texel stand an. Schon vor Wochen war für die Herbstferien ein Haus in Strandnähe gebucht worden, in dem sie schon mehrfach gemeinsam ihren Urlaub verbracht hatten.

An einem stürmischen Tag brachen die Männer mit ihrem gemieteten Boot auf zu einem Segeltörn. Der Vermieter kannte die beiden Deutschen als erfahrene Segler, meinte zwar noch, sie hätten sich einen extrem schlechten Tag ausgesucht, hielt aber eine eindringliche Warnung für überflüssig, weil die beiden schon öfter bei solchen Windverhältnissen gesegelt waren.

Am späten Nachmittag erschien die Polizei bei den Ehefrauen. Am Strand waren Kleidungsstücke und mehrere Utensilien gefunden worden, die auf einen Segelunfall schließen ließen. In einer Jackentasche befand sich ein Sportbootführerschein See, lautend auf den Namen ‚Martin Hauser'. Trotz sofort eingeleiteter Suche war das Boot noch nicht gesichtet worden. Den Frauen wurde mitgeteilt, dass sie mit dem Schlimmsten rechnen müssten. Die Rettungsaktion werde fortgesetzt. Aber auch in den nächsten beiden Tagen blieb das Boot verschwunden. Von den beiden Männern fehlte jede Spur. Die Suche wurde eingestellt. Man ging davon aus, dass das Boot im Sturm kenterte und beide Segler ertrunken waren.

Zur Klärung der Formalitäten blieben die beiden Frauen noch zwei weitere Tage vor Ort. Wieder zu Hause reichten sie die amtlichen Papiere den diversen Versicherern ein. Die Todesfallsummen machten sie im Laufe des sich anschließenden Schriftwechsels geltend.

Übereinstimmend wurde ihnen erklärt, dass die Versicherungsleistungen erst dann ausgezahlt werden könnten, wenn die Vermissten für tot erklärt worden seien. Im Normalfall nach zehn Jahren, bei Seeverschollenheit, wenn das Boot untergegangen sei, frühestens nach einem Jahr.

Im November des Folgejahres stellten die beiden Frauen die Anträge, ihre Männer für tot erklären zu lassen. Die Ende Oktober des vorangegangenen Jahres ausgestellten Bescheinigungen ließen sie mehrfach beglaubigen und legten sie den Versicherern mit der Bitte um Auszahlung der jeweiligen Versicherungssumme vor. Zwei hatten bereits gezahlt. Ein Mitarbeiter einer anderen Gesellschaft zögerte mit der Auszahlung. Die Höhe der Versicherungssumme von jeweils 600.000 Euro passte seiner Meinung nach nicht zum sozialen Umfeld der beiden Lehrer. Er fragte sich im Übrigen, weshalb die Bescheinigung nicht im Original, sondern in beglaubigter Form vorgelegt worden war. Sicherheitshalber bat er deshalb den Verband, in der HIS-Datei nachzuforschen, ob seitens der Versicherungsnehmer noch bei anderen Versicherern Risikolebensversicherungen abgeschlossen worden seien. Das führte zu mehreren Treffern. Unmittelbar danach fand ein reger Informationsaustausch zwischen den betreffenden Gesellschaften und deren Außendienstmitarbeitern statt.

Bei einem der Versicherer hatte sich Hauser kurz nach Vertragsschluss nach den Ausschlussklauseln erkundigt, wie der Vermittler zu berichten wusste. Hauser habe ihn gefragt, ob es stimme, dass z.B. bei Selbstmord des Versicherungsnehmers innerhalb von drei Jahren nach Vertragsschluss der Versicherer leistungsfrei sei. Er habe das bestätigt. Im Laufe des Gesprächs sei Hauser dann auch noch darauf zu sprechen gekommen, was eigentlich geschehe, wenn jemand vermisst würde. Ob der Versicherer dann auch leistungsfrei sei. Er habe ihm daraufhin gesagt, dass seines Wissens nach der Verschollene erst für tot erklärt werden müsste.

Die Gesellschaften beschlossen gemeinsam, nachdem sie sich gezwungen sahen, die Versicherungssummen auszuzahlen, Dietmar Metzler, Angestellter einer Dortmunder Detektei, der sich auf Betrugsfälle zu Lasten von Versicherern spezialisiert hatte, für ein halbes Jahr mit der Aufklärung dieses Falles zu beauftragen. Die Nachforschungen blieben in der gesetzten Frist erfolglos.

Von den Versicherern unbemerkt wurden zehn Monate später – also annähernd zwei Jahre nach dem vermeintlichen Unglück – die Wohnung und das Reihenhaus verkauft, die Anstellungsverhältnisse ordnungsgemäß gekündigt und die Konten bei den Banken mit dem Hinweis eines Neuanfangs im Westen Kanadas aufgelöst. Für eventuelle Folgekorrespondenz wurden alle Institutionen gebeten, Briefe postlagernd an ein näher bezeichnetes Postamt in Edmonton in der kanadischen Provinz Alberta zu senden.

Haffner und Hauser erfreuten sich bester Gesundheit. Sie hatten sich nach Spanien abgesetzt. Vier Monate vor dem Segelunfall hatten sie in der abseits vom Touristenstrom liegenden Gemeinde Olivella in der Provinz Barcelona eine Finca von knapp 160 qm Wohnfläche erworben. Ein günstiger Kauf, denn der dort lebende Schweizer wollte, nachdem seine Frau bei einem Verkehrsunfall getötet worden war, zurück nach Zürich. Dort lebten seine Tochter und einige andere Familienmitglieder. So blieb ihm nichts anderes übrig, als das Anwesen weit unter Marktwert zu verkaufen.

Die Lage der Finca in dem kleinen etwa 3500 Einwohner zählenden Ort – circa 20 Kilometer von der Küste entfernt – entsprach ganz und gar ihren Vorstellungen. Gezahlt hatten sie den Kaufpreis von den im Laufe der Jahre gebildeten Rücklagen, die damit jedoch fast vollständig aufgebraucht waren. Aber beide waren sich sicher, in absehbarer Zeit wieder zu Geld zu kommen.

Nach annähernd zwei Jahren war für Haffner und Hauser die Zeit der selbst auferlegten Einsiedelei vorbei: Ihre Frauen brachen ihre Zelte in Deutschland ab. In ihrem näheren Umfeld hatten sie angegeben, nach Westkanada auszuwandern, wo Elke Haffner einen entfernten Onkel habe. Von Düsseldorf flogen sie nach Paris. Dort verlor sich ihre Spur.

Mit der Bahn fuhren sie nach Barcelona, wo sie von ihren Ehemännern abgeholt wurden.

Es folgten zwei unbeschwerte Jahre. Das zweite – weitaus luxuriösere – Leben hatte begonnen. Sie fühlten sich völlig sicher. Deutschland lag weit hinter ihnen. Was sich dort ereignete, interessierte sie nur am Rande. Außer Fußball. Den verfolgten die Männer im Fernsehen, wann immer sich ihnen die Möglichkeit bot. Nur auf das Erlebnis des Live-Fußballs mussten sie verzichten. Mit einer Ausnahme. Der Zufall hatte es gewollt, dass Dortmund und Barcelona in dieselbe Gruppe der Champions League gelost wurden. Beide Männer beschlossen, sich das Spiel in Barcelona live anzusehen.

Sie besorgten sich zum frühestmöglichen Zeitpunkt die Karten über einen in Olivella ansässigen Spanier, mit dem sie sich angefreundet hatten. So vermieden sie es, in den Fanblock der Dortmunder zu geraten. Wie immer hieß auch hier die Devise Vorsicht.

Die Euphorie nach dem Match war groß. Dortmund hatte sich ein 2:2 redlich verdient. Die beiden Deutschen luden den Spanier noch in Barcelona in eine Tapas-Bar ein, aßen eine Kleinigkeit und tranken auf das Wohl beider Mannschaften. Dann machten sie sich auf den Rückweg nach Olivella. Der Spanier fuhr.

Was alle in ihrer ausgelassenen Stimmung nicht bemerkt hatten, war, dass ihnen unauffällig ein Taxi folgte. In ihm saß außer dem Fahrer der Privatdetektiv Dietmar Metzler. Wie die beiden Deutschen ein totaler Borussen-Fan. Er hatte über das übliche den Dortmundern zur Verfügung gestellte Kontingent keine Karten für das Champions League-Spiel bekommen und einen in Barcelona ansässigen Kollegen gebeten, ihm eine Karte zu besorgen. So war auch er während des Spiels nur von Spaniern umgeben. Bis auf zwei Zuschauer, die ihm auffielen, weil sie bei den spanischen Toren nicht jubelten. Sie saßen etwas entfernt in der Reihe links vor ihm. Gerade als er sie ansprechen wollte, erinnerte er sich an die Fotos, die er im Zuge seiner Recherche in der Angelegenheit mit den vermeintlich tödlich verunglückten Seglern von den Versicherern erhalten hatte. Kein Zweifel. Vor ihm saßen die beiden für tot erklärten Deutschen. Von diesem Moment an ließ er sie nicht mehr aus den Augen. Sein Vorteil: Er kannte sie, sie ihn nicht. So gelang es ihm, ihnen mit Hilfe eines Taxis unauffällig zu folgen, erst in die Tapas-Bar, dann nach Olivella.

Wieder zurück in Deutschland setzte er sich mit dem federführenden Versicherer in Verbindung. Er sagte, er habe eine heiße Spur. Er forderte ein stattliches Erfolgshonorar, auf dessen Zahlung sich die beteiligten Gesellschaften schließlich gemeinsam verständigten.

Nach Erledigung der erforderlichen Formalitäten zwischen den beteiligten Staaten wurden beide Ehepaare in Olivella in ihrem Domizil verhaftet, in Spanien verhört und nach ihren Geständnissen an Deutschland ausgeliefert.

Der Prozess gegen die beiden Ehepaare fand vor dem Schöffengericht in Dortmund statt. Wegen mehrfachen Betrugs und in diesem Zusammenhang weiterer begangener Straftaten wurde Haffner zu drei Jahren und acht Monaten, Hauser als Mittäter zu drei Jahren und zwei Monaten verurteilt.

Die beiden Ehefrauen erhielten wegen Beihilfe jeweils achtzehnmonatige Haftstrafen, die unter Auflagen zur Bewährung ausgesetzt wurden.

Zu einem Zivilprozess kam es nicht, weil die beiden Ehepaare das von den Versicherern ausgearbeitete Schuldanerkenntnis akzeptierten, das noch vorhan-

dene Vermögen an die Gläubiger im Verhältnis der erhaltenen Versicherungssummen auszahlten und sich zur Rückerstattung der noch fehlenden Beträge verpflichteten.

Nachdem die Ehefrauen die vereinbarten monatlichen Raten zwei Jahre lang gezahlt hatten, erklärten sich die Versicherer gegen Zahlung von 75 % der noch ausstehenden Summe im Laufe von drei Monaten bereit, auf den Restbetrag und die ausstehenden Zinsen zu verzichten.

Die Summe ist von einem in Luxemburg lebenden Verwandten Hausers innerhalb der gesetzten Frist entrichtet worden.

Die beiden Täter wurden jeweils nach Verbüßung von fast drei Vierteln der Haftstrafe wegen guter Führung entlassen. Der Rest der Strafe wurde zur Bewährung ausgesetzt.

KOFFER

„Na, wie war´s in Granada?" fragte Nina ihre Freundin nach deren Rückkehr von einem zweiwöchigen Urlaub in Südspanien.

„Super! Der Robinson-Club war einsame Spitze. Sport ohne Ende, vor allem Touren mit dem Mountain-Bike und abends jede Menge Action", schwärmte Ann-Katrin. Sie war wie Nina Studentin an der Sportschule Schöneck. Von ihrem BAföG hätte sie sich den Urlaub nicht leisten können, aber ihre Patentante hatte ihr die Reise zum Geburtstag geschenkt.

„Klingt ja so, als ob du dich abends nicht gelangweilt hast", lockte Nina, um von ihrer besten Freundin mehr zu erfahren. „Nee, das kann ich wirklich nicht sagen", meinte sie mit einem verträumten Lächeln.

„Du hast so ein merkwürdiges Glitzern in den Augen. Hat es dich etwa erwischt?"

„Ich glaub schon." Sie machte eine kleine Pause. „Übrigens studiert Markus auch Sport, aber leider in Leipzig. Wenn ich ihn jetzt häufiger besuchen will, muss ich irgendwie an Kohle kommen."

Das Gespräch plätscherte noch so eine Weile dahin, bis Nina auf einen anderen Punkt zu sprechen kam. „Aber Pech habe ich auch gehabt. Auf dem Rückweg haben sie mir den Koffer geklaut."

„Wie geklaut? Wie kann das denn passieren? Du bist doch geflogen?"

„Ja, aber nur bis Frankfurt. Im ICE nach Karlsruhe habe ich den Koffer, weil der Zug überfüllt war, im Großraum neben meinen Sitz gestellt."

„Und da haben sie ihn dir geklaut?", fragte Nina ungläubig. „Wie geht das denn?"

„Der Schaffner hatte verlangt, dass ich den Koffer am Ende des Wagens in einer dafür vorgesehenen Nische abstelle. Das habe ich auch getan. In Karlsruhe war der Koffer dann weg."

„War dein Gepäck denn wenigstens versichert?"

„Gott sei Dank ja, ich habe beim Abschluss der Reise so ein Zusatzpaket mit gebucht für Krankenrücktransport und Reisegepäck. Hat alles meine Patentante bezahlt."

„Na, das nenne ich Glück im Unglück. So eine Tante könnte ich auch gebrauchen!"

Schon am nächsten Tag besorgte Ann-Katrin Boysen sich vom Reiseveranstalter ein Formular für die Schadenmeldung. Den Diebstahl hatte sie unmittelbar am Ende ihrer Reise in einem im Hauptbahnhof Karlsruhe untergebrachten Büro der Deutschen Bahn gemeldet. Im Zug selbst war ihr vom Schaffner bescheinigt worden, dass er sie aufgefordert habe, den Koffer an den dafür vorgesehenen Platz am Wagenende zu deponieren. Ihr Ticket und die schriftliche Bestätigung des Schaffners reichten der Bahn aus, um den Kofferdiebstahl zu bescheinigen. Neben den persönlichen Daten führte die Studentin im Formular sämtliche mitgeführten Kleidungsstücke, Schuhe, Fotoausrüstung, diverse Sport- und Badesachen, Bücher sowie einen Laptop auf. Die Größe des Gepäckstücks gab sie mit 65x41x26 cm an, denn die Maße standen auf der beigefügten Rechnung ihres kürzlich erst erworbenen Hartschalenkoffers. Die in der Schadenanzeige aufgelisteten Artikel konnte sie bis auf wenige Ausnahmen nicht belegen. Das Alter gab sie in den meisten Fällen mit neuwertig, in den übrigen mit zwei bis drei Jahren an.

Im Anschreiben an den Versicherer bat sie um Überweisung der Schadensumme auf ihr Girokonto.

Statt eines Zahlungseingangs erhielt Ann-Katrin Boysen nach etwa vier Wochen Post von der Schadenabteilung. Der Anspruch wurde abgelehnt. Es beständen erhebliche Zweifel an dem geschilderten Versicherungsfall. Er könne sich so nicht zugetragen haben. Somit liege eine Obliegenheitsverletzung vor, die den Versicherer von seiner Leistungspflicht entbinde. Die Ablehnung war kurz und knapp.

Ann-Katrin Boysen, die in Karlsruhe keinen Anwalt kannte, wandte sich auf Empfehlung eines Studienkollegen an Rechtsanwalt Sören Ibsen. Dieser hatte ihn nach einem Verkehrsunfall vertreten.

„Offensichtlich will die Versicherungsgesellschaft sich vor der Zahlung drücken, Frau Boysen. Sie müssen wissen, dass die gerade bei Reisegepäckversicherungen immer gerne erst einmal ordentlich auf den Putz hauen. Am Ende müssen die dann aber in aller Regel klein beigeben", beeindruckte der junge Anwalt mit seiner forschen Aussage seine neue Mandantin.

„So, meinen Sie? Aber die schreiben ja gar nicht, warum sie nicht zahlen wollen."

„Sehen Sie, das ist eben alles nur heiße Luft. Bluff, reiner Bluff. Also wenn Sie mich fragen, sollten wir da gar nicht lange fackeln, sondern gleich klagen", riet der Anwalt, der seine allein geführte Kanzlei mit Mühe und Not über Wasser hielt und dankbar für jedes neue Mandat war. „Sie müssten mir hier nur noch schnell eine entsprechende Vollmacht unterschreiben, damit ich beim Amtsgericht Klage einreichen kann."

Damit zog er eine Schublade seines Schreibtischs auf und reichte ihr das entsprechende Formular.

Die Studentin zögerte. „Aber warum schreiben die nicht klipp und klar, warum sie nicht zahlen wollen", wiederholte sie ihren Einwand.

„Die glauben eben nicht, dass ihr Koffer gestohlen wurde. Aber das ist nicht Ihr Problem. Sie haben das alles ganz richtig gemacht. Schließlich müssen die Ihnen beweisen, dass der Koffer nicht entwendet wurde. Nicht umgekehrt. Wir haben nur darzulegen, dass Sie den Koffer auf Weisung des Schaffners am Ende des Waggons abstellen sollten. Darüber gibt's ja sogar eine Bescheinigung. Also wenn Sie mich fragen, ein Kinderspiel."

„Gut, wenn Sie meinen. Und wenn wir den Prozess gewinnen, dann muss die Versicherung auch Ihr

Honorar bezahlen?", vergewisserte sich Ann-Katrin Boysen.

„Ja, wer verliert, zahlt. Noch eine Frage: Sind Sie rechtsschutzversichert?"

„Nein, warum? Ist das wichtig?"

„Nein, das wäre es nur, wenn wir den Prozess verlieren würden. Aber das ist ja in Ihrem Fall gar nicht möglich", beschwichtigte Ibsen seine Mandantin.

„Also gut. Wo soll ich unterschreiben?"

Der Anwalt reichte Klage beim Karlsruher Amtsgericht ein.

Im Schriftsatz der Gegenseite monierte der mit dem Fall betraute Mitarbeiter der Rechtsabteilung, Reimer Hansen, dass die meisten Kleidungsstücke und Artikel mit neuwertig angegeben worden seien, aber nicht durch Rechnung belegt werden konnten. Das sei absolut unglaubhaft. Auch die Menge der angeblich entwendeten Sachen werde mit Nichtwissen bestritten. Hansen beantragte, die Klage abzuweisen.

Fünf Monate später fand die Gerichtsverhandlung statt. Die Einzelrichterin, Rena Knittel, wandte sich an den Vertreter der Beklagten. „Ich habe mir die Frage gestellt, ob Ihre Einwände ausreichend substantiiert dargelegt wurden." Sie machte eine kleine Pause, um Hansen die Möglichkeit der Erwiderung zu geben.

„Schriftsätzlich konnten wir nicht mehr tun, als die

angegebene Menge, die sich in dem Koffer befunden haben soll, mit Nichtwissen zu bestreiten."

„Ich bin da nicht ganz Ihrer Meinung. Die Klägerin hat meines Erachtens ihrer Darlegungspflicht genügt. Sie hat die Bescheinigung der Bahn und die Rechnung für den entwendeten Koffer vorgelegt. Dass sie darüber hinaus für die erworbenen Sachen keine Belege aufbewahrt hat, entspricht heutzutage gerade bei jungen Leuten den üblichen Gepflogenheiten."

Der Anwalt der Studentin, die sichtlich nervös war, warf seiner Mandantin einen aufmunternden, siegessicheren Blick zu. Sie entspannte sich.

„Der Diebstahl als solcher wird ja auch nicht bestritten", warf Hansen ein. „Aber die Menge der angegebenen Sachen konnte sich unmöglich in dem entwendeten Koffer befunden haben. Um das zu beweisen, stelle ich den Antrag, die Klägerin möge hier im Gerichtssaal einen gleichartigen Koffer vor unser aller Augen noch einmal packen."

Unter dem Publikum, das sich überwiegend aus einer Oberstufenklasse des Bismarck-Gymnasiums zusammensetzte, entstand ein nicht zu überhörendes Gemurmel.

„Darf ich die Zuhörer bitten, sich jeglichen Kommentars zu enthalten", wandte sich die Richterin an den Lehrer, der zustimmend nickte und mit finsterem Blick seine Schülerinnen und Schüler im Zaum zu halten versuchte.

„Nun wieder zu Ihnen, Herr Hansen. Wie soll das gehen? Auch die Sachen wurden entwendet."

„Wenn Sie erlauben, Frau Vorsitzende, würde ich gerne eine Gruppenleiterin aus der Schadenabteilung hereinbitten."

„Wenn's der Rechtsfindung dient", meinte die Richterin erkennbar leicht genervt und bat die Protokollführerin, draußen nachzuschauen.

Die Versicherungsangestellte erschien im Türrahmen. Mit der linken Hand schob sie einen kleineren, mit der rechten Hand einen fast doppelt so großen Rollkoffer in den Gerichtssaal.

Die Richterin schmunzelte, denn sie ahnte, was sich da vor ihren Augen abspielen würde. Zunächst befragte sie die Zeugin nach ihrem Namen, die – schon entsprechend vorbereitet – ihren Ausweis vorlegte. Dann folgte die übliche Belehrung.

„So, Frau Kuhlmann, dann gehe ich mal bei Ihrem ungewöhnlichen Aufzug davon aus, dass Sie uns etwas demonstrieren wollen."

„Ja, mit Ihrer Erlaubnis gerne."

„Dann schießen Sie mal los."

Die Gruppenleiterin hob beide Koffer auf einen der Tische, wobei ihr das bei dem größeren sichtlich Mühe bereitete. Sie öffnete zunächst den kleineren Koffer, in dem sich nichts befand. Danach klappte sie den anderen auf, der beidseitig randvoll mit Kleidungsstücken und sonstigen Utensilien gefüllt war. Dann wandte sie sich an die Richterin.

„Frau Vorsitzende, wir haben uns die Mühe gemacht, den von der Klägerin präzise benannten Koffer vom Kaufhaus Galeria Kaufhof in der City auszuleihen. Das ist dieser hier." Mit der linken Hand deutete sie darauf. „Dann haben wir uns alle in der Schadenmeldung aufgelisteten Sachen besorgt."

An dieser Stelle wurde Sandra Kuhlmann von Reimer Hansen unterbrochen. „Vielen Dank Frau Kollegin. Nun möchten wir die Klägerin bitten, uns zunächst zu sagen, ob die in dem rechten Koffer befindlichen Utensilien der Auflistung in der Schadenmeldung entsprechen und als Vergleichsstücke herangezogen werden können. Wir haben aus der Schadenakte eine Kopie gefertigt." Damit überreichte er das Blatt der Studentin. Sie nahm es mit zittriger Hand entgegen.

„Darf ich Sie dann hier nach vorne bitten?"

Zögernd stand Ann-Katrin Boysen auf und trat vor den Richtertisch. Auch ihrem vor wenigen Minuten noch triumphierenden Anwalt hatte es die Sprache verschlagen. Er sah das Unheil kommen, wusste aber nicht, ihm zu begegnen.

Die Studentin kramte in dem Koffer herum, legte die Kleidungsstücke und die sonstigen Artikel nacheinander rechts neben den Koffer, warf ab und zu einen Blick auf die Liste und nickte schließlich. „Ja, das sind in etwa die Sachen, die mir gestohlen wurden."

„Was heißt in etwa?"

„Ja, also schon", stammelte sie.

„Das heißt, es handelt sich in Zahl und Größe um echte Vergleichsstücke?"

Sie nickte. „Ja", sagte sie kaum hörbar.

„Dann darf ich Sie noch bitten, diese Sachen in den linken Koffer umzupacken."

„Können wir auf dieses Schmierentheater nicht verzichten?", meldete sich nun doch der Rechtsanwalt Ibsen zu Wort. „Dann hat sich meine Mandantin eben ein wenig geirrt, was den Inhalt des Koffers betraf. Ich würde mich gerne kurz mit ihr besprechen um festzustellen, welche Sachen sich nicht im Koffer befunden haben. Wir würden dann natürlich die Klageforderung nach unten korrigieren."

„Zu Ihrem letzten Satz möchte ich mich an dieser Stelle nicht äußern", entgegnete die Richterin mit einem nicht zu überhörenden gereizten Ton in der Stimme. „Aber es steht Ihnen natürlich frei, sich mit Frau Boysen zu besprechen. Ich unterbreche die Sitzung für eine Viertelstunde."

Der Anwalt verließ mit seiner Mandantin den Gerichtssaal. Er zog sich mit ihr zurück in eine der zahlreichen Besprechungsecken, in der sich gerade niemand aufhielt.

„Da haben Sie mir ja ein schönes Ei ins Nest gelegt", machte Ibsen aus seinem Ärger kein Hehl. „Wie konnten Sie mich so vor die Pumpe laufen lassen."

„Das tut mir ja auch leid", erwiderte die Studentin kleinlaut. „Ich hab´ mir halt gedacht, wenn ich schon beklaut worden bin, dann müsste ich auch was davon haben. So eine Art Schmerzensgeld. Schließlich hatte ich auch den ganzen Ärger und die Lauferei von Pontius zu Pilatus."

„Und da haben Sie gemeint, dann kassiere ich mal eben so richtig ab." Seine Wut war augenscheinlich. „Was haben Sie sich bloß dabei gedacht?"

Sie saß da mit gesenktem Kopf. „Ersetzt die Versicherung mir jetzt nur das, was tatsächlich im Koffer war?"

„Na, Sie haben Humor. Glauben Sie das wirklich? Wie naiv sind Sie eigentlich?"

„Wieso? Die meisten Sachen sind mir doch wirklich gestohlen worden", antwortete sie, offensichtlich immer noch nicht den Ernst der Lage begreifend, in die sie sich da hineinmanövriert hatte.

„Ich sehe schon, es ist zwecklos, Ihnen das hier erklären zu wollen. Jedenfalls gehe ich da jetzt rein und werde die Klage zurückziehen."

„Das heißt, ich kriege gar nichts", dämmerte der Studentin so langsam der ganze Umfang des Dilemmas.

„Exakt! Das Letzte, was ich für Sie noch tun kann, ist, bei der Gegenseite zu Kreuze zu kriechen. Und Sie sollten sich bei der Vorsitzenden und bei der Beklagten entschuldigen. Vielleicht verzichtet der Versicherer dann auf eine Strafanzeige. Im Übrigen steht auch noch Prozessbetrug im Raum."

Ann-Katrin Boysen sah aus wie ein Häufchen Elend, als sie wieder im Gerichtssaal Platz genommen hatte.

„Nun, Herr Ibsen, haben Sie Ihrer Mandantin ins Gewissen geredet?"

„Ja, Frau Vorsitzende. Wir nehmen die Klage zurück. Meine Mandantin möchte noch eine Erklärung abgeben."

Nachdem die Klägerin sich in aller Form bei der Richterin und der Beklagten entschuldigt hatte, schloss die Richterin die Verhandlung, nicht ohne der Studentin zuvor noch gesagt zu haben, dass sie die Prozessakte an die Staatsanwaltschaft weitergeben werde. Von dort erhalte sie mit Sicherheit in Kürze Post.

Der Bitte von Rechtsanwalt Ibsen, man möge der Studentin nicht die Zukunft verbauen, wurde seitens des Versicherers entsprochen. Auf eine Betrugsanzeige wurde verzichtet.

Die Staatsanwaltschaft dagegen bejahte wegen des versuchten Prozessbetrugs das öffentliche Interesse und eröffnete das Verfahren. Die Studentin erhielt einen Strafbefehl über 500 Euro, gegen den sie auf Anraten ihres Anwalts keinen Einspruch einlegte.

GIER

Sie war unscheinbar. So fühlte sie sich auch. Ihre Magersucht hatte sie dank einer stationären Therapie in den Griff bekommen. Eine große Stütze war ihr dabei der Krankenpfleger Achim Bode. Sie hatte das Gefühl, ihm verdanke sie ihr Leben. Und war ihm willenlos ergeben. Wenige Wochen nach dem Klinikaufenthalt zogen sie gemeinsam in einen 6-Parteien-Altbau im Universitätsviertel in Köln, den er zu einem Drittel von seiner verstorbenen Tante geerbt hatte. Die Zusammenlegung zweier kleiner Wohnungen zu einer, die nunmehr aus 4 Zimmern, einer Küche und zwei Bädern bestand, war gerade fertiggestellt worden.

Nach ihrer krankheitsbedingten Auszeit setzte Angela Meisner ihre Tätigkeit in der für Auszahlung von Pflegedienstleistungen zuständigen Abteilung des privaten Krankenversicherers Nostrata fort. Sie galt bei ihrem Vorgesetzten als äußerst zuverlässig. Bei einer routinemäßig etwa alle zwei Jahre stattfindenden Revision wurden auch ihre Abrechnungen überprüft. Wegen des guten Ergebnisses wurde ihre Entscheidungsbefugnis pro Leistungsfall auf 2.000 Euro erhöht. Bis zu dieser Grenze entfiel künftig eine Vorlagepflicht gegenüber dem Gruppenleiter. Nach weiteren sechs Monaten wurde der Entscheidungsrahmen auf 3.000 Euro, ein halbes Jahr später sogar auf 4.000 Euro festgelegt.

Im Laufe der nächsten drei Jahre ließen Angela Meisner und Achim Bode die Bäder in der Wohnung renovieren und schafften sich neue Möbel an. Neben dem bereits vorhandenen Golf wurden ein VW Lupo bestellt und ein 102-PS starkes Motorrad der Marke Honda gekauft. Zweimal jährlich flogen sie für 14 Tage auf die Kanaren. Während ihres dritten Aufenthalts in Gran Canaria feierten sie ihre Verlobung.

Das Paar war wieder einmal in Reisevorbereitungen, die finanzielle Decke angespannt: Der restliche Reisepreis für den Urlaub auf Gran Canaria würde in den nächsten Tagen abgebucht werden. Außerdem waren etliche Raten fällig. Auch eine größere Handwerkerrechnung war noch nicht bezahlt.

Zwei Tage vor Urlaubsantritt rief Christina Narath, eine Sachbearbeiterin der Kölner Stadtsparkasse, an einem Donnerstag bei der Nostrata an, fragte in der Zentrale nach dem Vorgesetzten von Frau Meisner und bat, sich mit ihm verbinden zu lassen. Als das Telefon des Gruppenleiters klingelte, pickte Frau Meisner das Gespräch ab, weil sich ihr Vorgesetzter gerade in einer Besprechung befand.

„Angela Meisner, wie kann ich Ihnen helfen?", meldete sie sich wie üblich freundlich, aber mit leiser Stimme.

„Oh, tut mir leid, da bin ich wohl falsch verbunden. Ich wollte Herrn Gschwendter sprechen", erwiderte die Sparkassenangestellte etwas irritiert.

„Mein Chef ist in einer Besprechung. Versuchen Sie es doch bitte noch mal in einer halben Stunde. Oder soll ich ihm einen Zettel hinlegen, damit er Sie zurückruft?"

„Nein, vielen Dank, nicht nötig. Ich rufe später noch einmal an. Schönen Tag."

„Auf Wiedersehen."

Der zweite Versuch klappte. „Guten Tag. Hier ist Christina Narath von der Stadtsparkasse Köln. Spreche ich mit Herrn Gschwendter?"

„Ja, am Apparat. Was kann ich für Sie tun?"

„Wahrscheinlich nichts", erwiderte sie keck. „Aber ich glaube, ich kann etwas für Sie tun. Sind Sie allein und haben einen Moment Zeit?"

„Das klingt spannend. Ja, ich bin allein, niemand kann mithören. Schießen Sie los."

„Ihre Mitarbeiterin, Frau Meisner, hat bei uns ein Girokonto. Auf dieses Konto wurde ihr vom Arbeitgeber das Gehalt wie üblich Ende letzten Monats überwiesen."

„Okay, wahrscheinlich in derselben Höhe wie im Monat zuvor."

„Ja, das schon", unterbrach ihn Frau Narath. „Aber in den vergangenen zwei Wochen sind drei weitere Überweisungen mit krummen Beträgen von jeweils knapp unter 4.000 Euro auf dem Konto eingegangen. Absender war immer die Nostrata."

Herr Gschwendter pfiff leise aber dennoch hörbar

durch die Zähne. „Ich vermute, das hat Sie stutzig gemacht?"

„Und ob. Das hätte ich mir nur erklären können, wenn Frau Meisner im Außendienst tätig wäre. Ausstehende Provisionen vielleicht. Doch selbst die würden wohl eher monatlich abgerechnet und überwiesen, oder irre ich mich da?"

„Nein, Sie haben völlig recht, Frau Narath." Er machte eine kleine Pause. „Frau Meisner ist hier in meinem Bereich Sachbearbeiterin. Entweder handelt es sich bei den Überweisungen um irrtümliche Fehlbuchungen oder es steckt mehr dahinter. Auf jeden Fall möchte ich Sie bitten, über die Angelegenheit Stillschweigen zu bewahren. Ich werde die Vorgänge prüfen lassen und mich nächste Woche auf jeden Fall bei Ihnen melden. Ist das Ihre Durchwahl auf dem Display?"

„Ja, unter der bin ich normalerweise immer zu erreichen. Wenn nicht, rufe ich Sie zurück."

„Dann erst einmal ganz herzlichen Dank. Leider haben wir nicht immer das Glück, dass wir über Auffälligkeiten bei Kontobewegungen informiert werden. Auf Wiederhören, bis demnächst."

„Auf Wiedersehen. Schönen Tag noch!"

Unmittelbar nach diesem Telefonat suchte Herr Gschwendter den Leiter der Revisionsabteilung auf und berichtete über das Gespräch. Der Chefrevisor nahm Rücksprache mit dem zuständigen Vorstandsmitglied. Die Sache nahm Fahrt auf.

Da Frau Meisner am nächsten Tag in Urlaub fahren wollte und bisher nur ein Anfangsverdacht bestand, wurde die Sonderprüfung für kommenden Montag anberaumt. Die EDV-Abteilung wurde aber bereits angewiesen, eine Liste der von Frau Meisner in den letzten drei Jahren veranlassten Überweisungen zu erstellen.

Innerhalb der folgenden Woche überprüfte die Revisionsabteilung sämtliche Zahlungen. Auf den Belegen stand immer hinter dem Kürzel VN für Versicherungsnehmer ein Name und eine Vertragsnummer. In der zweiten Zeile war eine Rechnungsnummer des Pflegedienstleisters notiert. Das entsprach der normalen Vorgehensweise, sodass niemand im Rechnungswesen einen solchen Beleg hätte beanstanden können.

Nach diesem Muster waren auch die von der Angestellten der Stadtsparkasse erwähnten drei Überweisungen gefertigt worden: Es handelte sich jedoch – wie die Prüfung ergab – um nicht existente Versicherungsnehmer. Die verwendeten Vertragsnummern passten ins System, aber waren ebenfalls frei erfunden.

In den ersten drei Tagen der Nachforschungen stellte die Revision folgenden Sachverhalt fest: Angela Meisner hatte in den letzten drei Jahren Überweisungen auf diverse eigene Konten in einem Gesamtvolumen von 167.322,84 Euro veranlasst. In allen Fällen hatte sie Beträge gewählt, die etwa 200 bis 300 Euro unter ihrer jeweils aktuellen Entscheidungsbefugnis lagen. Während sie anfangs nur etwa alle drei bis vier Wochen Zahlungen an sich selbst anwies, nahm die Intensität nach und nach zu. Auch eröffnete sie im Laufe der Zeit noch fünf Girokonten bei mehreren Banken. So wollte sie vermeiden, dass Überweisungen auf einem Konto in zu dichtem Zeitabstand erfolgten.

Angela Meisners kriminelle Energie hatte ständig zugenommen, ihre anfangs waltende Vorsicht aber im selben Maße abgenommen. Der Zeitdruck, in den sie vor dem Urlaubsbeginn geriet, ließ sie nachlässig werden. Sie wählte für die letzten drei Überweisungen immer dasselbe Konto bei der Stadtsparkasse Köln. Wegen der ausstehenden Abbuchung durch das Reisebüro und die fällige Anzahlung des Lupo hätte ihr Konto sonst nicht genügend Deckung aufgewiesen.

Die Revision fertigte ihren Bericht für den Vorstand. Dieser schaltete die Rechtsabteilung ein, die ihren Vertragsanwalt Dr. Ansgar Jobst noch in derselben Woche mit den erforderlichen Maßnahmen beauftragte.

Im Eilverfahren veranlasste die Staatsanwaltschaft die Durchsuchung der Wohnung. Fast alle Möbel, etliche HiFi-Geräte, eine umfangreiche CD-Sammlung, einige hochwertige Designer-Lampen und Teppiche sowie die im Hof stehende Honda wurden am späten Freitagnachmittag – also kurz vor der Rückkehr der Eigentümer aus deren Urlaub

– beschlagnahmt und abtransportiert. Die von Dr. Jobst angeregte Ausstellung zweier Haftbefehle, um das Paar noch am Flugplatz bei seiner Ankunft festzunehmen, wurde verworfen. Der Leitende Oberstaatsanwalt Hinrich Bitter verneinte bei den bereits umfassend vorliegenden Erkenntnissen Verdunkelungsgefahr.

Wie sicher sich Angela Meisner und Achim Bode inzwischen fühlten, zeigte sich nach deren Rückkehr. Mit dem Taxi ließen sie sich vom Flughafen Köln-Bonn zu ihrem Domizil fahren. Er öffnete die Wohnungstür, betätigte den Lichtschalter und ließ vor Schreck beinahe beide Koffer fallen.

„Was ist los?", fragte seine Verlobte, die sich noch auf der Treppe befand.

„Das gibt es nicht", rief Achim Bode. „bei uns ist eingebrochen worden. Alles weg. Wirklich alles!"

Angela Meisner, die inzwischen hinter ihm stand, schlug die Hände vor das Gesicht. „Ein Albtraum! Unsere schönen Möbel, die ganzen CDs", schluchzte sie. „Da muss doch jemand einen Tipp bekommen haben. Was machen wir jetzt bloß?" Fragend schaute sie ihren Verlobten an.

„Wir stellen die Koffer ab und fahren zum Präsidium. Vielleicht hat die Polizei schon eine Spur." Achim Bode zog die Vorhänge zum Garten auf und blickte hinunter. „Mensch, Angela, meine Maschine ist auch weg. Die haben wirklich ganze Arbeit geleistet."

Sie fuhren zum Walter-Pauli-Ring in Deutz zum Neubau des Polizeipräsidiums. Der Portier verwies sie an den Kriminaldauerdienst, der sich schräg gegenüber der Personenschleuse befand.

Sie klopften, traten ein und wiesen sich aus. „Wir möchten einen Einbruch in unsere Wohnung anzeigen." Als sie ihre Adresse nannten, musste der über den tatsächlichen Sachverhalt informierte Beamte schmunzeln. „Wir müssen da etwas klarstellen. Es handelt sich nicht um einen Einbruch. Während ihrer urlaubsbedingten Abwesenheit wurden ihr Mobiliar, die Honda und der Lupo von der Staatsanwaltschaft beschlagnahmt und sichergestellt. Ihnen wird fortgesetzte Urkundenfälschung und Betrug vorgeworfen."

Im Raum herrschte absolute Stille. Man hätte eine Stecknadel zu Boden fallen hören können. Angela Meisner war leichenblass, sie ließ ihren Kopf sinken. Achim Bode dagegen hatte sich schnell wieder im Griff. „Das können Sie gar nicht. Sämtliche Gegenstände, die Sie beschlagnahmt haben, gehören mir. Ich verlange sofortige Herausgabe aller Sachen."

Der Beamte ging nicht auf Bodes Einwand ein. „Ich verständige jetzt Hauptkommissar Kaiser, der mit ihrem Fall befasst ist und Sie vernehmen wird. Ich darf Sie bitten, solange im Nebenraum zu warten." Mit einer einladenden Geste deutete er auf die Tür.

„Ohne meinen Anwalt werde ich keinen Ton sagen", polterte Achim Bode erneut los. „Ich verlange, dass Sie Herrn Rechtsanwalt Dr. Dibelius verständigen."

„Und was sollen wir ihm sagen?"

„Dass er unverzüglich hierher kommen soll."

„Sie können gerne mit ihm selbst sprechen. Haben Sie seine Nummer?" Der Beamte reichte Bode das Telefon.

Eine Stunde später erschien Dr. Dibelius im Präsidium. Hauptkommissar Kaiser war bereits eine Viertelstunde vorher eingetroffen.

Der Rechtsanwalt hatte ihn gebeten, zunächst mit seinen Mandanten alleine sprechen zu dürfen. Nach nur wenigen Minuten öffnete sich die Tür. „Meine Mandanten werden sich zurzeit nicht zum Tatvorwurf äußern"

„Das ist ihr gutes Recht", meinte Kaiser lakonisch.

„Ihre Personalien werden sie natürlich angeben", ergänzte Dr. Dibelius.

„Das habe ich nicht anders erwartet", fuhr der Kommissar mit leicht ironischem Unterton fort. „Dann wollen Sie Ihre Schützlinge natürlich gleich mitnehmen?"

„Was dachten Sie denn? Verdunkelungsgefahr ist ja kaum anzunehmen, nachdem Sie die Wohnung haben vollständig leerräumen lassen. Und Fluchtgefahr nehmen Sie wohl selbst nicht an. Sonst hätten Sie meine Mandanten sicherlich gleich am Flughafen in Empfang genommen."

„Touché. In diesem Punkt stimmen wir mit Ihnen überein."

In den folgenden zehn Tagen legte Angela Meisner auf Anraten ihres Anwalts ein umfassendes Geständnis ab. Achim Bode leugnete jegliche Kenntnis von den durch seine Verlobte veranlassten illegalen Überweisungen. Wegen der beschlagnahmten Gegenstände und der Honda reichte der Anwalt bei Gericht Drittwiderspruchsklage ein. Durch Vorlage von Rechnungen und Zahlungsbelegen konnte er nachweisen, dass alles seinem Mandanten gehörte. Die Klage hatte Erfolg. Die Beschlagnahme wurde für rechtswidrig erklärt. Die Gegenstände wurden dem Kläger zurückgegeben.

Im Übrigen berief sich Achim Bode wegen des Vorwurfs der Mittäterschaft als Verlobter von Angela Meisner auf sein Zeugnisverweigerungsrecht. Alle Indizien sprachen gegen ihn. Nur zielführende Beweise für seine Tatbeteiligung gab es nicht. Er hatte nicht in einem einzigen Fall Abhebungen oder Überweisungen von den Konten seiner Verlobten vorgenommen. Er besaß sein eigenes Konto, auf das neben seinen monatlichen Gehaltsüberweisungen nur hohe regelmäßige Bareinzahlungen durch ihn selbst – jeweils zum Monatsanfang – erfolgten. Die Einzahlungen betrugen von Anfang an immer exakt 4.000 Euro, sodass sich auch keine Verbindung zur Höhe der jeweiligen von seiner Verlobten veranlassten Überweisungen herstellen ließ. Über die Herkunft des Geldes verweigerte er die Aussage. Auch die Androhung eines weiteren Verfahrens wegen fortgesetzter Geldwäsche änderte hieran nichts.

Frau Meisners Arbeitgeber kündigte das bestehende Arbeitsverhältnis fristlos. Die Schadensumme wurde errechnet. Sie unterzeichnete ein entsprechendes notarielles Schuldanerkenntnis. Die Höhe der monatlichen Rückzahlung wurde auf 1.200 Euro festgesetzt. Als Anreiz für die Einhaltung der Vereinbarung bot die Nostrata den Verzicht auf die Verzinsung der Schadensumme an, wenn sämtliche Raten pünktlich entrichtet würden und Achim Bode – ohne Präjudiz für seine Tatbeteiligung – dem Schuldanerkenntnis freiwillig beitreten würde. Mit diesem großzügigen Angebot wollte der Versicherer erreichen, dass die gesamte Schadensumme auch tatsächlich rückerstattet würde. Denn er befürchtete, Angela Meisner könnte irgendwann mittellos sein.

Achim Bode sah zunächst keine Veranlassung, auf die Forderung der Nostrata einzugehen. Da aber das Verfahren gegen ihn abgetrennt und der Termin für den kommenden Monat festgesetzt worden war, ließ er sich schließlich nach Beratung mit seinem Anwalt auf einen gemeinsamen Deal ein: Die Staatsanwaltschaft erklärte sich bei Unterzeichnung des Schuldanerkenntnisses auch durch ihn bereit, das schwebende Verfahren gegen ihn einzustellen.

Durch das nun auch von ihm abgegebene notarielle Schuldanerkenntnis und die festgelegte Vereinbarung pünktlicher Ratenzahlungen hatte der Versicherer für den Fall des Verzugs das Druckmittel, die sofortige Zwangsvollstreckung in Achim Bodes Haus betreiben zu können.

Eine solche Maßnahme erwies sich in der Folgezeit als nicht erforderlich, weil die Ratenzahlungen pünktlich erfolgten.

Angela Meisner wurde vom Amtsgericht wegen fortgesetzten Betruges und Urkundenfälschung zu einer Freiheitsstrafe von zwei Jahren verurteilt. Die Strafe wurde – nicht zuletzt aufgrund ihres umfassenden Geständnisses – zur Bewährung ausgesetzt.

Vor ihrer Tätigkeit bei der Nostrata war sie in ihrem erlernten Beruf als MTA bei einem Allgemeinmediziner angestellt.

Schon kurze Zeit nach ihrer fristlosen Entlassung hatte sie eine neue Arbeitsstelle bei einer Frauenärztin angetreten.

KREISSÄGE

Sven Kohler hatte erneut einen erfolglosen Tag hinter sich. Er war Außendienstmitarbeiter bei dem Allspartenversicherer Hansenia-AG. Bei keinem seiner drei Kundenbesuche war es zum Neuabschluss einer Versicherung gekommen.

Am frühen Abend saß er an seinem Stammplatz am Tresen der Kneipe Zum scharfen Eck. Er blickte auf die Titelseite der Bild-Zeitung, die vor ihm lag. Um das Sommerloch zu füllen, war ein Versicherungsbetrug, bei dem es um Brandstiftung ging, groß aufgemacht worden: Immobilienhai Peter H. wird Opfer der eigenen Brandstiftung!

„Wie doof muss man sein, um sich so blöd anzustellen", meinte er zu dem neben ihm sitzenden Bekannten Olaf Spaan, ein Kneipengänger wie er. „Nimmt der Kerl doch tatsächlich Benzin als Brandbeschleuniger, kommt nicht schnell genug weg und kriegt bei der Explosion die volle Ladung ab!"

„Geschieht ihm recht. Warum bescheißt der auch die Versicherung." Dann nahm Spaan einen großen Schluck von seinem frisch gezapften Gilde-Pils und fügte noch hinzu: „Peter H., das ist der Hagestoltz. Der hat doch wirklich genug Moos."

„Kohle kannste nie genug haben."

„War der bei euch versichert?"

„Weiß nicht. Aber wenn ich mal so ein Ding drehen würde, dann müsste sich das richtig lohnen." Er schwieg einen Moment. „Am besten ein vorgetäuschter Unfall."

„Meinste so'n Crash mit 'ner alten Karre?"

„Nee, ein Unfall beim Holzhacken oder so. Wenn du hoch genug versichert bist und hackst dir einen Finger ab, kannste ganz schön kassieren."

Der Wirt, Hein Petersen, hatte mit halbem Ohr zugehört. „Du bist nicht ganz gescheit. Wer macht sich denn freiwillig zum Krüppel?"

Das eine Wort gab das andere. Drei Gläser Bier später verabschiedete sich Kohler von seinem Kumpel und machte sich auf den Nachhauseweg.

Auch seine Kundenbesuche an den folgenden Tagen verliefen erfolglos. Er fuhr zu der am Rand von Hannover gelegenen Hauptverwaltung der Hansenia, um ein weiteres persönliches Darlehen zu beantragen. Das wurde abgelehnt.

Kohler nutzte die Gelegenheit, um in der zuständigen Abteilung einige seiner Verträge neu zu regeln. Die Glasversicherung kündigte er zum Ablauf, die Summe der Hausratversicherung reduzierte er um 25.000 Euro, die bestehende Unfallversicherung erhöhte er von 200.000 auf 750.000 Euro. Da der UV-Vertrag bisher schadenfrei verlaufen war, gab es wegen der ungewöhnlichen Höhe der Versicherungssumme keine Einwände. Lediglich einen Zusatzbogen zur Frage nach erhöhten Risiken musste er ausfüllen.

Zwei Monate später hatte Sven Kohler einen Unfall. Im Keller des von seinen Eltern geerbten Reihenhauses, an dem seit Jahren nichts mehr renoviert worden war, stand eine Kreissäge. Früher hatten er und sein Vater sie oft für Schreinerarbeiten benutzt. Jetzt diente sie ihm nur noch zum Zerkleinern von Kaminholz, wenn ihm Gas und Strom wegen nicht gezahlter Rechnungen mal wieder abgedreht worden waren, wie in der Vergangenheit bereits zweimal geschehen.

Er warf die Säge an. Mit lautem Quietschen setzte sie sich in Gang. Erst nach mehreren Schnitten lief sie rund. Er legte seine linke Hand flach auf den Sägetisch, ganz dicht an das rotierende Sägeblatt. Den Daumen spreizte er im rechten Winkel ab. Mit einer schnellen Vorwärtsbewegung seiner Hand schnitt er sich den Daumen ab. Er schrie laut auf.

Seine Aktion hatte er gut vorbereitet. Er band sich den Arm mit einem Gürtel ab, um die Blutung zu stillen. Dann wickelte er ein wassergetränktes Tuch um die Schnittwunde, rief telefonisch ein Taxi herbei und ließ sich zur Medizinischen Hochschule in die Carl-Neuberg-Straße fahren. Den Daumen, der auf dem Boden im Sägemehl lag, ließ er zurück.

Haben Sie den abgetrennten Daumen nicht mitgebracht?", erkundigte sich der Oberarzt.

„Nein, hätte ich das tun sollen?", fragte Kohler scheinbar ahnungslos.

„Aber natürlich", erwiderte der Arzt heftiger als beabsichtigt. „Bei entsprechender sofortiger Kühlung hätten wir ihn mit hoher Wahrscheinlichkeit wieder annähen können."

„Und könnte er nicht noch geholt werden? Er muss auf dem Boden bei der Kreissäge liegen."

„Das dürfte jetzt mit Sicherheit zu spät sein. Ich will sehen, dass ich die Wunde so schnell wie möglich ordentlich versorgt bekomme."

Der Eingriff war erfolgreich. In der Folgezeit kam es zu keinerlei Komplikationen.

Zusammen mit der Krankmeldung erhielt die Hansenia den ausgefüllten Unfallbogen mit der Bitte, diesen an die Schadenabteilung weiterzuleiten. Minutiös hatte Kohler die näheren Umstände des Unfalls beschrieben. Die Säge sei auf Dauerbetrieb eingestellt gewesen und der Tisch habe, um die Sägespäne besser entsorgen zu können, auf einer Plastikfolie gestanden. Auf dieser sei er ausgerutscht, habe sich noch festhalten wollen und so sei es zu dem schrecklichen Unfall gekommen.

Die Hansenia bezweifelte von Anfang an den Unfallhergang. Die medizinische Begutachtung kam aber zu dem Ergebnis, dass der Unfall sich so zugetragen haben könnte. Dennoch erstattete der Versicherer Betrugsanzeige.

Im Strafverfahren – einem reinen Indizienprozess – wurde Kohler nach dem Grundsatz in dubio pro reo freigesprochen. Dennoch verweigerte die Hansenia die Auszahlung der Versicherungssumme, wie sie dies Kohler in einem Telefonat mitteilte. Sie schaltete einen Privatdetektiv ein, der im Umfeld des Opfers recherchierte. Dabei stieß der Detektiv auch auf die Personen, denen gegenüber Kohler sich gebrüstet hatte, er würde sich einen Finger abhacken, wenn er mal die Versicherungsgesellschaft betrügen wolle.

Der Schadenbereich wandte sich an die Rechtsabteilung mit der Bitte, den Sachverhalt rechtlich zu prüfen und sich zu den Erfolgsaussichten zu äußern. Gemeinsam kam man zu dem Ergebnis, der Versicherungsfall sei vorsätzlich herbeigeführt worden. Der Anspruch wurde daraufhin Kohler gegenüber schriftlich abgelehnt.

Dieser wandte sich an einen Fachanwalt für Versicherungsrecht, der Klage beim Landgericht Hannover einreichte.

In dem Zivilprozess traten Olaf Spaan und Hein Petersen als von der Beklagten benannte Zeugen auf. Sie bestätigten übereinstimmend die Darstellung der Hansenia. Deren Vertragsanwalt führte auch die desolaten finanziellen Verhältnisse des Klägers ins Feld. Darüber hinaus wies er noch auf den engen zeitlichen Zusammenhang zwischen der durch die Zeugen bewiesenen Äußerungen in der Kneipe und der erheblichen Anhebung der Versicherungssumme auf 750.000 Euro hin. Die Behauptung des Klägers, bei dem von ihm geschilderte Ereignis im Keller habe es sich um einen unglücklichen Unfall gehandelt, stünde im krassen Widerspruch zu den dargelegten Fakten. Zweifelsfrei läge hier der Fall eines perfiden Versicherungsbetrugs vor.

Kohlers Anwalt bestritt den Kausalzusammenhang. Die zeitliche Nähe sei zufällig. Bei der Durchsicht seiner eigenen Verträge sei seinem Mandanten die viel zu niedrige Versicherungssumme aufgefallen. Was seine Äußerung zum Abhacken eines Fingers – von einem Daumen sei nicht die Rede gewesen – betreffe, so habe dieser hierüber einen Bericht in einem Versicherungsmagazin gelesen. Sein Mandant neige im Übrigen zu solch prahlerischen Äußerungen, wodurch er sich in der Kneipe ein gewisses Ansehen bei seinen – so wörtlich – Saufkumpanen verschafft habe.

Im Laufe der Beweisaufnahme ließ das Landgericht Hannover zwar erkennen, dass seiner Meinung nach etliche Indizien für die Auffassung der Beklagten sprächen. Gleichwohl sei die Darlegung des Klägers, es habe sich um einen Unfall gehandelt, nicht mit letzter Sicherheit auszuschließen.

Dementsprechend wurde der Klage stattgegeben und der Versicherer zur Zahlung der nach der Gliedertaxe errechneten Summe in Höhe von 150.000 Euro verurteilt.

Die eingelegte Berufung blieb erfolglos.

Nach Auszahlung der Versicherungssumme hatte Kohler seine Zechkumpane und den Wirt zu mehreren Lokalrunden eingeladen.

Plötzlich kippte er vom Hocker. Ironie des Schicksals: Es war kein Unfall, sondern er erlitt einen tödlichen Herzinfarkt.

ARMBANDUHR

Als Hauptkommissar Timo Blumenfeld vom Einbruchsdezernat mit seinem Assistenten und den Leuten von der Spurensicherung im Eichenwäldchen in Köln-Hahnwald eintraf, herrschte helle Aufregung. Trotz des aufgrund zahlreicher Eigentumsdelikte in jüngster Vergangenheit privat organisierten Wachdienstes war erneut ein Einbruch gemeldet worden.

Elisabeth und Heinrich Wüster, ein ehemaliger Inhaber eines Automobilhauses, saßen in ihrem Wohnzimmer, offensichtlich von der erst kurz zuvor entdeckten Tat noch ganz geschockt.

„Wir waren in der Oper. Turandot. Eine wunderbare Aufführung. Vorher haben wir bei unserem Stammitaliener am Ring gegessen. Es war so ein schöner Abend. Und jetzt das. Ich könnte heulen vor Wut." Elisabeth Wüster schlug die Hände vor das Gesicht.

„Können Sie denn schon sagen, ob viel entwendet wurde?", wandte sich Blumenfeld an den Hausherrn.

„Ja, wirklich eine ganze Menge. Eine Ebel-Uhr von meiner Frau und meine Vintage Herrenuhr, zwei Weißgold-Ringe, ein mit Smaragden besetztes Goldarmband, eine Perlenkette ..."

„Waren die Sachen denn nicht im Tresor? Sie haben doch sicherlich einen", unterbrach ihn der Kommissar.

„Doch schon, im Keller, absolut einbruchssicher. Aber einige Schmuckstücke, die meine Frau häufiger trägt, haben wir nur im Möbeltresor. Den haben die Einbrecher aufgehebelt. Sehen Sie selbst." Er machte eine ausladende Handbewegung in Richtung des Wohnzimmerschranks.

„Sonstige Wertsachen?"

„Hier unten die gesamte neue Stereoanlage von Bose, der Panasonic Flachbildschirm, unsere komplette CD-Sammlung und zwei wertvolle Originale von Christian von Grumbkow. Das waren offensichtlich Profis. Die weniger wertvollen Bilder und Radierungen haben sie hängen lassen."

„Und in den anderen Räumen?"

„Oben in meinem Büro haben die Einbrecher den Laptop und meine Kameraausrüstung inklusive der Objektive mitgenommen. Alles konnten wir in der Kürze der Zeit noch gar nicht kontrollieren."

„Ja, und in meinem Schlafzimmer fehlen zwei Pelze, eine Nerzjacke und ein Ozelot-Mantel", ergänzte Frau Wüster.

„Dann ist es wohl am besten, wenn Sie morgen früh mal alles auflisten und dann zu uns ins Präsidium kommen. Ist Ihnen das möglich?"

„Klar, selbstverständlich. So gegen Mittag?"

„Das würde passen", antwortete Blumenfeld. „Ich denke, die Spurensicherung wird hier noch ein paar Stunden beschäftigt sein. Es tut mir leid, aber daran ist nichts zu ändern."

„Das ist schon okay, liegt ja auch in unserem Interesse, wenn Sie die Chance haben, die Burschen zu fassen."

„Wir vermuten, dass die Einbrecher das sehr gut ausbaldowert haben, denn ihr Grundstück kann im Vergleich zu den anderen Häusern am schlechtesten von der Straße aus eingesehen werden. Die müssen zumindest mit einem Kleintransporter vorgefahren sein. Vielleicht finden die Leute von der Spusi Reifenabdrücke. Das könnte uns weiterhelfen."

„Wie ist denn die Chance, dass Sie die kriegen?"

„So wahnsinnig viel Hoffnung kann ich Ihnen nicht machen, die Aufklärungsquote liegt leider auch hier bei uns in Köln bei unter zwanzig Prozent."

„Das ist verdammt wenig. Also maximal nur bei jedem fünften Einbruch. Dann hoffen wir mal, dass es bei uns der fünfte sein wird", lächelte Heinrich Wüster, der sich schneller als seine Frau gefangen zu haben schien.

Auch am folgenden Tag war die Spusi noch vollauf mit der Sicherung der Einbruchspuren beschäftigt. Dass es sich um Profis gehandelt haben musste, war für die Ermittler schnell klar, denn es war den Einbrechern gelungen, die Alarmanlage auszuschalten. Dafür sprach auch der Umstand, dass die Täter keine Fingerabdrücke hinterlassen hatten. Offensichtlich war für den Abtransport der gestohlenen Sachen ein Mercedes-Sprinter verwendet worden, wie die Kriminaltechnik aufgrund des Reifenprofils feststellte. Doch alle gesicherten Spuren führten nicht zu den Tätern. Die Akte wurde nach wenigen Wochen erfolglos geschlossen.

Die Atlanta AG, bei der das Ehepaar Wüster mit 1,2 Millionen Euro Versicherungssumme eine Hausratversicherung unterhielt, zahlte knapp 150.000 Euro an Entschädigungsleistung.

Fast drei Jahre später meldete Heinrich Wüster erneut einen Einbruch in seine Villa. Das geschah telefonisch, denn er befand sich mit seiner Ehefrau mit seinem 7-er-BMW in Süddeutschland auf dem Weg zu seinem Ferienhaus in Bayern. Der private Wachdienst hatte ihn informiert, dass bei ihm eingebrochen worden sei. Er beschloss daraufhin, sofort umzukehren.

Wiederum war es den Tätern gelungen, die Alarmanlage auszuschalten. Sie hatten den an der Terrassentür herabgelassenen Rollladen mit einer Spezialzange erfasst und herausgerissen. Durch ein in den Türrahmen gebohrtes größeres Loch hatten sie offensichtlich einen Eisenstab mit einer Schlinge hindurch geschoben, den Griff herabgedrückt und sich so Zugang verschafft, wie die Spurensicherung beim ersten Betrachten des Tatortes feststellte.

Das Ehepaar Wüster traf bei seiner Rückkehr den Leiter des Einbruchsdezernats nicht mehr an. Blumenfeld hatte aber ausrichten lassen, den ganzen Nachmittag über im Büro zu sein und darum gebeten, dass die Eheleute Wüster unbedingt noch bei ihm vorbeikommen sollten. So hielten sie sich nur eine gute Stunde im Haus auf, um schnell eine Liste der gestohlenen Gegenstände anzufertigen.

Danach machten sie sich auf den Weg nach Köln-Kalk ins Polizeipräsidium. Inzwischen war es kurz nach 16.00 Uhr.

„Das nenne ich ausgesprochenes Pech, zwei Einbrüche in nicht einmal drei Jahren", meinte der Hauptkommissar, nachdem er das Ehepaar begrüßt hatte. „Sie waren gerade auf dem Weg in den Urlaub?", erkundigte er sich freundlich.

„Ja, auf dem Weg in unser Ferienhaus in Bayern. Unseren Urlaub können wir jetzt in den Mond schreiben", erwiderte Heinrich Wüster.

„Dabei hatten wir uns so sehr auf die zwei Wochen gefreut", ergänzte seine Frau.

„Das tut mir wirklich aufrichtig leid, aber seien Sie froh, dass Sie nicht im Haus waren. Wer weiß, was sonst noch passiert wäre. Sie sind ja gut versichert, sodass Sie sich zumindest insoweit keine Sorgen zu machen brauchen."

„Ein Glück", pflichtete Frau Wüster ihm bei. „Beim letzten Einbruch lief alles ohne Komplikationen ab. Also unsere Versicherung Atlanta können wir nur empfehlen."

„Na, das ist ja beruhigend. Ich würde gerne meinen Kollegen Sören Janssen bei unserem Gespräch dabei haben. Sie kennen ihn. Er war damals mein Assistent, inzwischen ist er Oberkommissar." Er öffnete die Tür und rief ihn herein.

Gemeinsam sprachen Sie die Liste durch, die Heinrich Wüster in aller Eile angefertigt hatte. „Ich weiß natürlich nicht, ob die Aufstellung vollständig ist. Wir waren ja vorhin sehr in Eile, nachdem man uns mitgeteilt hatte, dass Sie uns gerne heute noch sprechen wollten."

„Klar, da fallen einem später immer noch ein paar Kleinigkeiten ein, an die man im ersten Moment nicht gedacht hatte", beschwichtigte Blumenfeld ihn.

„Da gebe ich Ihnen recht, eine Sache weiß ich schon", meinte Elisabeth Wüster. „Darf ich?" Damit griff sie nach der Liste, die vor Janssen auf dem Tisch lag und die er gerade durchlas. „Hier fehlt zum Beispiel meine Handtasche aus Straußenleder, die mir mein Mann bei unserem letzten Urlaub in Südafrika in Oudtshoorn gekauft hat. Daran habe ich vorhin gar nicht gedacht, als ich in meinem Schlafzimmerschrank nachgeschaut habe." Sie gab ihm die Liste zurück.

Blumenfeld bemerkte, dass sein Kollege Janssen irritiert war. „Ist was?", fragte er ihn.

„Nein, ich müsste nur mal eben schnell ein Telefonat führen. Bin gleich wieder da."

Er kannte seinen jungen Kollegen gut genug, um zu wissen, dass das nicht der eigentliche Grund gewesen sein konnte. Vielmehr musste ihm irgendetwas aufgefallen sein. Blumenfeld ließ sich nichts anmerken. „Okay, aber beeilen Sie sich bitte."

„Dauert wirklich nicht lange. Wenn doch, dann können Sie mich ja rufen. Bin nebenan. Tut mir leid, ist aber wichtig."

Jetzt waren bei Blumenfeld alle Zweifel ausgeschlossen. Nach ein paar Minuten würde er nach draußen gehen, um mit seinem Kollegen zu sprechen. Er erkundigte sich noch pro forma nach ein paar Details. Im Grunde aber war er brennend daran interessiert zu erfahren, was Janssen aufgefallen war. „Wo bleibt der Kollege denn bloß?", meinte er deshalb nach wenigen Minuten. „Aber so sind sie, die jungen Leute. Bin gleich wieder da." Damit erhob er sich und eilte nach draußen.

„Dann schießen Sie mal los", platzte er gleich heraus, kaum dass er Janssens Büro betreten hatte.

„Als Frau Wüster mir die Liste über den Tisch zurückgereicht hatte, war mir ihre Uhr aufgefallen. Entweder, sie hat sich nach dem letzten Einbruch exakt dasselbe Modell wieder gekauft oder es handelt sich um die als gestohlen gemeldete Armbanduhr."

„Das wäre ein Hammer! An dem damaligen Einbruch gab´s doch gar nichts zu rütteln. Sind Sie ganz sicher?"

„Absolut!"

„Dann lassen Sie uns das mal klären." Beide verließen den Raum und kehrten ins Besprechungszimmer zurück. Blumenfeld übernahm das Kommando. Er kam ohne Umschweife zur Sache. „Frau Wüster, wir haben da eine Frage. Könnten Sie mir mal eben Ihre Uhr geben? Wissen Sie noch, wo und wann Sie die erworben haben?"

Heinrich Wüster wusste sofort, wohin die Reise ging. Mit einem vernichtenden Seitenblick sah er seine Frau an. Dann versuchte er zu retten, was nicht mehr zu retten schien. „Das ist eine Ebel-Uhr, die habe ich ihr letztes Jahr zum Geburtstag geschenkt, als wir in der Schweiz Urlaub gemacht haben. Sie müssen wissen, dass sie so sehr an ihrer Armbanduhr gehangen hat, die beim Einbruch vor drei Jahren gestohlen worden ist. Deshalb habe ich ihr auch exakt dasselbe Modell gekauft." Seine Frau saß schweigend dabei, als ihr Mann für sie die Frage beantwortete.

„Darf ich mal sehen?" Blumenfeld streckte seine Hand aus.

„Ja", sagte sie leise, öffnete den Verschluss des Armbands und reichte ihm die Uhr über den Tisch.

Er blätterte in den Unterlagen, die Janssen ihm vor wenigen Minuten gegeben hatte. Es handelte sich um die Listen der damals gestohlenen Gegenstände, auf denen auch die Marken mit Seriennummern und die Kaufdaten vermerkt waren. Er drehte die Uhr um und verglich die eingravierte mehrstellige Zahl mit der auf dem Blatt notierten Seriennummer. Er schaute hoch.

„Dann teile ich Ihnen mit, dass Sie nun nicht mehr formell als Zeugen befragt werden. Ab jetzt sind Sie Beschuldigte. Ihnen wird die Vortäuschung einer Straftat sowie Versicherungsbetrug vorgeworfen. Sie müssen sich zu dem Tatvorwurf nicht äußern. Ich weise Sie aber darauf hin, dass alles, was Sie jetzt aussagen, vor Gericht gegen Sie verwendet werden kann. Haben Sie mich verstanden?"

Beide nickten. Keiner sagte ein Wort.

„Wollen Sie einen Rechtsanwalt anrufen?"

„Nein, das ist nicht nötig. Aber momentan werden wir uns zur Sache nicht äußern", ergriff Heinrich Wüster das Wort. Seine Frau schwieg weiterhin. Ihre blasse Gesichtsfarbe und rote Flecken an ihrem Hals zeigten ihre innere Erregung. Er blieb scheinbar unbeeindruckt. „Können wir jetzt gehen?"

„Formell brauche ich noch die Angaben zur Person. Die müssen Sie uns nennen. Danach dürfen Sie gehen. Fluchtgefahr dürfte ja wohl ausgeschlossen sein."

Die vermeintlich gestohlene Uhr sprach dafür, dass die damalige Straftat nur vorgetäuscht war. Sollte aber ein Einbruch tatsächlich stattgefunden haben, waren zumindest die Angaben gegenüber dem Versicherer falsch.

Bei dem aktuellen Fall stellte die Spurensicherung fest, dass mit an Sicherheit grenzender Wahrscheinlichkeit kein Einbruch vorlag: Denn das Loch im Rahmen der Terrassentür war von innen gebohrt worden, offensichtlich von Wüster, weil die Nachbarn nichts von seinen vorbereitenden Handlungen mitbekommen sollten.

Dieses Mal wandte er sich verständlicherweise nicht an die Versicherungsgesellschaft. Diese war aber von Blumenfeld über den angeblich erneuten Einbruch und die den alten Fall betreffenden neuen Erkenntnisse inzwischen informiert worden. So war es jetzt die Atlanta, die gegenüber Wüster eine Forderung geltend machte: Sie verlangte die Erstattung der damals gezahlten Entschädigung samt Zinsen. Wüster bat darum, die Summe in Teilbeträgen begleichen zu dürfen. Die Atlanta akzeptierte das, bestand aber darauf, dass Wüster ein notarielles Schuldanerkenntnis unterschrieb.

Die vereinbarten Raten über jeweils 2.500 Euro wurden sechs Monate lang pünktlich überwiesen. Danach erfolgten keine Zahlungen mehr. Stattdessen meldete sich Wüsters Anwalt bei der Atlanta. Sein Mandant sei mittellos, das gesamte Vermögen sowie das Haus stünden im Eigentum seiner Ehefrau. Die bisherigen Raten seien entgegenkommend von ihr gezahlt worden. Wenn die noch ausstehende Restforderung halbiert und auf die Zinsen verzichtet würde, wäre die Ehefrau seines Mandanten bereit, diese Summe zu zahlen. Anderenfalls sähe sie sich nicht im Stande, weiterhin für die Schulden ihres Mannes aufzukommen.

Der Schadenchef der Atlanta AG, Dr. Knut Förster, war stocksauer, als ihm das Schreiben des Anwalts von seinem Abteilungsleiter Matthias Brandauer vorgelegt wurde.

„Haben Sie den Betreff gelesen?", fragte er, ohne darauf eine Antwort zu erwarten. „Vergleichsangebot nennt Wüsters Anwalt das. Eine absolute Frechheit! Das ist wieder so ein typischer Fall eines Selbstständigen. Alles, was er während seiner beruflichen Tätigkeit erwirtschaftet hat, gehört seiner Frau. Mit Sicherheit auch das Auto und sein Haus. Wahrscheinlich besitzt er nichts. Arm wie eine Kirchenmaus." Dr. Förster redete sich so richtig in Rage.

„Ich werde mal nachforschen und seine Vermögensverhältnisse überprüfen", meinte Brandauer sehr viel emotionsloser als sein Chef. „Okay, danach sehen wir weiter. Das Schreiben lassen wir erst einmal unbeantwortet."

Drei Wochen nach diesem Gespräch hatte Brandauer alle Informationen zusammengetragen. Er meldete sich zur Rücksprache bei seinem Chef. Ohne Umschweife kam er zur Sache. „Alles ist, wie Sie vermutet haben. Wüster ist praktisch mittellos."

„Verdammter Mist! Und jetzt?"

Brandauer lächelte. Er hatte noch einen Pfeil im Köcher. „So ganz stimmt das nicht, er ist nicht völlig mittellos."

„Wie jetzt? Das haben Sie doch eben gerade gesagt!"

„Ja, also er besitzt keine Vermögenswerte. Aber er hat eine mehr als gut dotierte Rente. Und die werden wir jetzt pfänden. Er ist erst 66 Jahre, sodass er noch ziemlich lange vom pfändungsfreien Betrag leben muss. Aber vielleicht unterstützt ihn ja seine Frau", fügte er lachend hinzu.

Aufgrund des vorliegenden notariellen Schuldanerkenntnisses besaß die Atlanta AG einen vollstreckbaren Titel. Nach einigen durchgeführten Pfändungen der Rente unterbreitete Wüsters Anwalt ein weiteres Angebot: eine Einmalzahlung durch die Ehefrau bei Reduzierung der Restforderung um 25%. Die Atlanta ging darauf nicht ein. Denn inzwischen waren bereits fast 80% der geschuldeten Summe durch die monatlichen Zahlungen aufgrund der pfändbaren Anteile der Rente beglichen worden.

In dem Strafprozess gegen Heinrich Wüster – das Verfahren gegen seine Ehefrau wurde gemäß § 153 Absatz 1 StPO wegen geringer Schuld eingestellt – ist er vom Amtsgericht Köln zu einer Haftstrafe von 21 Monaten verurteilt worden, die zur Bewährung ausgesetzt wurde. Angeklagt waren die Vortäuschung einer Straftat in zwei Fällen, vollendeter Versicherungsbetrug in einem und versuchter Versicherungsbetrug in einem weiteren Fall. Die Staatsanwaltschaft hatte den zweiten vorgetäuschten Einbruch als Vorbereitungshandlung für den Versicherungsbetrug gewertet.

Gegen das Urteil legte Wüsters Anwalt Berufung ein. Doch auch das Landgericht folgte der Rechtsauffassung der ersten Instanz.

GELDWÄSCHE

Am Großmarkt Mannheim hatte er einen zentral gelegenen Verkaufsstand mit mehreren Angestellten. Fast jede Supermarktkette wurde von ihm beliefert. Hartmut Seidel, von fast allen am Markt nur Harry genannt, war der größte Südfruchthändler in der badischen Metropole. Nicht alle seine Gewinne liefen durch die Bücher. Etliche seiner Schwarzgelder lagerten in Schweizer Banktresoren. Die zahlreichen Immobilien, die er inzwischen besaß, hatte er von Familienmitgliedern erwerben lassen. Die hierfür notwendigen Versicherungen schloss er bei Maximilian Hopper ab, der seit Jahren für die Rhenus-Nicarus-Versicherungs AG tätig war und sich dort einen siebenstelligen Sachbestand aufgebaut hatte. Aber auch die Vermittlung von Lebens- und Krankenversicherungen gehörte zu seinem Tagesgeschäft.

„Wieviel ist das?", fragte Hopper seinen langjährigen Freund und blickte auf den Inhalt des kleinen Aktenkoffers, den Seidel auf den Schreibtisch gehievt hatte.

„Exakt 125.000 Euro", antwortete Harry.

„Bei den beiden letzten Transfers bist du immer unter 100.000 geblieben", gab Max zu bedenken.

„Stimmt, aber jetzt sind es eben ein paar Euro mehr!"

„Und die willst du wieder als Einmalbeitrag für eine Lebensversicherung einzahlen?"

„Du sagst es, mein Lieber."

„Das heißt, ich soll die Kohle wie üblich über mein Konto laufen lassen, damit das mit der Identifizierung durch die Bank klar geht", meinte Max nachdenklich.

„Siehst du da plötzlich ein Problem? Die letzten beiden Male ist das doch auch ohne Schwierigkeiten über die Bühne gegangen."

„Schon, aber du weißt auch, dass der Krug solange zum Brunnen geht, bis er bricht", flüchtete Max sich in ein von ihm häufig benutztes Zitat.

„Wieso auf einmal so ängstlich?"

„Das kann ich dir genau sagen. Gerade bei der letzten Außendiensttagung wurde uns noch einmal sehr ausführlich die Problematik der Geldwäsche vor Augen geführt. Dabei ist auch exakt das, was du hier vorhast, beispielhaft dargestellt worden: Abschluss einer LV mit Zahlung eines Einmalbeitrags und Kündigung nach etwa vier, fünf Monaten. Zwar nimmt der Versicherungsnehmer den Wertverlust durch die entstandenen Abschlusskosten in Kauf. Aber sein Geld ist auf diese Weise im Wirtschaftskreislauf angekommen und somit gewaschen."

„Wie das läuft, ist mir schon klar", unterbrach Harry seinen Freund, „aber no risk, no fun! Du verdienst dabei ja auch ein hübsches Sümmchen an Provision. Da ich die Kohle nicht so schnell brauche, können wir uns ja darauf einigen, dass ich die LV erst nach Ablauf des ersten Halbjahres kündige."

Sie diskutierten noch eine Weile. Doch die Aussicht auf leicht verdientes Geld, ließen Max seine Bedenken schließlich über Bord werfen.

Das bei einer Bareinzahlung in dieser Höhe übliche Identifizierungsverfahren lief problemlos. Bei dem an sich schon seltenen Fall, bei dem in der Vergangenheit eine Rückfrage erfolgt war, hatte Hopper für die Herkunft des Geldes eine umfangreiche Erbschaft genannt. Der ganze Betrag habe bar im Tresor des Erblassers gelegen.

Auch der Geldtransfer von seinem Konto auf das der Rhenus-Nicarus-Versicherungs AG blieb folgenlos. Die Lebensversicherung wurde policiert. Durch die dann erfolgte Zahlung des Einmalbeitrags war Harrys Geld auch dieses Mal in den normalen Wirtschaftskreislauf geflossen.

„Dieselben Auswahlkriterien wie im letzten Jahr?", fragte Konrad Reichert, Chefrevisor der Rhenus-Nicarus-Versicherungs AG, den Geldwäschebeauftragten der Gesellschaft, als dieser wie üblich Ende Juni den Neubestand des letzten Jahres in der Lebensversicherung prüfen wollte.

„The same procedure as every year", antwortete Dr. Mesenholl in seiner launigen Art. „Aber bei den vorzeitig gekündigten Verträgen über 100.000 würde ich gerne auch die prüfen, die im Zeitraum von bis zu zwölf Monaten nach Abschluss ausgezahlt wurden."

„Gibt es einen besonderen Anlass?"

„Nein, nicht unbedingt, aber der Verband hat bei der letzten Tagung der Geldwäschebeauftragten darauf hingewiesen, gelegentlich die Modalitäten bei den Prüfungen zu ändern."

„Ah, verstehe, der Verband wird für diese Empfehlung seine Gründe haben."

„Ich weiß nicht, Geldwäsche ist ja ohnehin mehr ein Problem der Banken. Ich selbst habe in den letzten zehn Jahren, seitdem ich das mache, tatsächlich nur zwei Fälle gehabt."

„Was passiert dann eigentlich, wenn Sie einen erwischt haben?", fragte Reichert interessiert.

„Nach dem Geldwäschegesetz muss ich beim Vorliegen eines Verdachts die Meldung an das Landeskriminalamt innerhalb eines Tages elektronisch, telefonisch oder per Fax abgeben."

„Und wenn nicht?"

„Dann mache ich mich strafbar."

„Na, super. Da stehen Sie ja quasi immer mit einem Bein im Gefängnis."

„Nee, ganz so schlimm ist das nun auch wieder nicht. Aber ich verstehe schon, dass die Behörden ordentlich Druck aufbauen. In der Vergangenheit ist gerade auf dem Bankensektor so einiges nicht ganz koscher gelaufen."

„Na, dann will ich mal den Kollegen von der IT anrufen, damit er Ihnen die entsprechenden Unterlagen zusammenstellt. Ich denke spätestens übermorgen haben Sie den Ausdruck vorliegen", beendete Reichert das Gespräch. „Sehen wir uns beim Essen?" „Ja, dann bis nachher im Casino."

Insgesamt waren im Vorjahr nur acht Lebensversicherungsverträge mit Einmalzahlungen von über 100.000 Euro abgeschlossen worden. Allein drei betrafen Mitarbeiter, die einen Großteil ihrer mit dreiundsechzig Jahren ausgezahlten Versorgungsversicherungen wieder angelegt hatten. Zwei Verträge ergaben sich aus fällig gewordenen Kapitallebensversicherungen, ein Neuabschluss resultierte aus der Entschädigungssumme für einen abgebrannten Bauernhof.

Viel interessanter für Dr. Mesenholl waren zwei Verträge, denen Einmalzahlungen von 200.000 und 125.000 Euro zugrunde lagen. Die hierzu bestehenden digitalen Akten wiesen aus, dass der erste Vertrag bereits nach vier Monaten gekündigt worden war. Das Geld stammte nachweislich aus einem Patentverkauf und sollte ursprünglich der Alterssicherung dienen. Der Versicherungsnehmer – so stand es in seinem Kündigungsschreiben – hatte kurz nach Abschluss der LV eine günstige Immobilie neben seinem in bester Lage stehenden Einfamilienhaus angeboten bekommen und nach Auszahlung der dann gekündigten LV auch erworben.

Der Vertrag über 125.000 Euro hingegen wies Verdachtsmomente für eine Geldwäsche auf. Eines der typischen Merkmale war, dass die Einmalzahlung über das Konto des Versicherungsagenten erfolgte und von diesem auf das Konto der Rhenus-Nicarus-Versicherungs AG transferiert wurde. Bei dem Agenten handelte es sich um Maximilian Hopper, einen seit langem für das Unternehmen tätigen selbstständigen Vermittler, der innerhalb der letzten zehn Jahre sieben Mal im Top-Ten-Club der Besten vertreten war.

Dr. Mesenholl wusste, das Vorsicht geboten war. Vor einer Verdachtsanzeige an das LKA musste er gründlich recherchieren. Er durchforstete die Akte. Auf einer dem Antrag beigefügten Notiz, die eingescannt worden war, hatte der Vermittler vermerkt, dass das bei seiner Hausbank bestehende Konto des VN nach einer Firmeninsolvenz mehrfach gepfändet worden sei. Jetzt habe er eine umfangreiche Erbschaft gemacht, die er zum Teil auch zur Abtragung seiner nach wie vor bestehenden Schulden einsetzen wolle.

„Wer's glaubt, wird selig", ging es dem Geldwäschebeauftragten durch den Kopf. „Da schau ich mir doch erst einmal die sonstigen Verträge unseres Gutmenschen an", sagte er leise vor sich hin.

Dr. Mesenholl stieß bei seinen weiteren Recherchen auf eine große Anzahl von Versicherungsverträgen. Alle waren durch die Vermittlung von Hopper zustande gekommen. Der Schadenverlauf war unauffällig. Interessant aber waren zwei sechs und drei Jahre zurückliegende stornierte Verträge: Es handelte sich um Lebensversicherungen mit Einmalzahlungen von 95.000 und im zweiten Fall von 90.000 Euro.

Er pfiff durch die Zähne. „Donnerwetter", murmelte er und vertiefte sich weiter in die digitale Akte. Was er vorfand, erstaunte ihn. Beide Male hatte der Agent den Anträgen fast gleichlautende Notizen angehängt, wie auch in dem aktuellen Fall.

Nach kurzer Rücksprache mit dem Vertriebsvorstand fertigte Dr. Mesenholl die nach § 11 Geldwäschegesetz vorgesehene Verdachtsmeldung. Er schickte sie per Fax an das Bundeskriminalamt nach Wiesbaden und an das zuständige Dezernat beim Landeskriminalamt Baden-Württemberg.

Gegen Hartmut Seidel wurde ein Strafverfahren wegen Verdachts der Geldwäsche nach § 261 StGB eingeleitet.

Da im Prozess nicht lückenlos geklärt werden konnte, ob Seidel lediglich sein eigenes Schwarzgeld waschen wollte, was – soweit es den Vorwurf der Geldwäsche betrifft – nach überwiegender Meinung in der Literatur straflos ist, kam es zu einem Deal zwischen der Strafverfolgungsbehörde und dem Angeklagten. Gegen Zahlung einer Geldbuße von 20.000 Euro wurde das Verfahren wegen des Verdachts der Geldwäsche eingestellt.

In einem weiteren Verfahren wurde Seidel wegen Steuerhinterziehung angeklagt und zu einer Geldstrafe von 75.000 Euro verurteilt.

Maximilian Hopper hatte zeitgleich mit der Eröffnung des Prozesses gegen Hartmut Seidel einen

Strafbefehl über 5.000 Euro wegen Beihilfe zur Geldwäsche erhalten. Hiergegen war von seinem Rechtsanwalt fristgemäß Einspruch erhoben worden. Aufgrund seiner Begründung, es habe sich bei den Einmalzahlungen des Versicherungsnehmers Seidel lediglich um dessen eigenes Schwarzgeld gehandelt, stellte das Gericht das Verfahren ohne Eröffnung der Hauptverhandlung ein.

Die Rhenus-Nicarus-Versicherungs AG trennte sich von Maximilian Hopper. Schadensersatzansprüche seitens der Gesellschaft wurden nicht gestellt. Ein noch bestehendes so genanntes Aufbaudarlehen kündigte sie aufgrund des vertragswidrigen Verhaltens fristlos.

DISCO

„Was machen die Geschäfte?", fragte Carlos Pereira, der auf Fuerteventura eine gutgehende Disco besaß, seinen langjährigen Freund Hartmut Timmer, von allen Bekannten aus dem Milieu ‚Dirty Harry' genannt. Sie saßen an einem Montagabend bei einem frisch gezapften Bier in einer gemütlichen Kneipe. Pereira war auf Stippvisite in Deutschland.

„So langsam muss ich mir was überlegen. So geht's jedenfalls nicht weiter."

„Das lief doch mit deiner Disco bisher spitzenmäßig!"

„Nee, Carlos, nur in den ersten Monaten. Jetzt ist richtig Ebbe in der Kasse. Samstags ist noch ganz okay, aber die beiden Abende vorher läuft fast gar nichts mehr. Das hängt auch mit der Corona-Pandemie zusammen."

„Hm, das hat vor allem die Selbstständigen hart getroffen.Und? Willst du verkaufen?"

„Lohnt nicht. Keine Interessenten. Rastatt ist auch nicht das richtige Pflaster. Ich hatte geglaubt, dass eine Stadt mit knapp 50.000 Einwohnern und ohne Konkurrenz durch andere Discos genau das Richtige wäre. Ganz gutes Einzugsgebiet, zumal auch das Elsass nur ein Katzensprung entfernt ist. Da habe ich mich aber gründlich verrechnet. Nicht vergleichbar mit meiner ersten Disco im Rhein-Neckar-Gebiet, wo die Post an den Wochenenden so richtig abgegangen ist."

„Du hast doch hier die ganze Kohle vom Verkauf der Mannheimer Disco reingesteckt."
„Stimmt, aber das kann ich mir bei einem Verkauf in die Haare schmieren. No Chance, auch nur einen Cent davon wiederzubekommen."

Gegen Mitternacht verließen die beiden Freunde die Disco. Harry wälzte sich noch lange im Bett hin und her. Irgendetwas musste geschehen. Er war unschlüssig.

Erst am Donnerstag öffnete die Disco wieder. Montag bis Mittwoch war geschlossen. Zur Vorbereitung auf das Wochenende fand jeweils um 17.00 Uhr eine Besprechung in Harrys Büro mit sämtlichen Mitarbeitern statt.

„Leute hört mal her. Ich finde, Ihr habt euch mal eine richtige Sause auf meine Kosten verdient. Wir machen am nächsten Mittwoch einen Betriebsausflug nach Mothern im Elsass. Es gibt da ein tolles Restaurant mit erstklassigen Weinen. Einen Kleinbus habe ich schon gemietet, Fahrer ist auch besorgt."

„Mensch, Harry, übernimmst du dich da nicht? So gut läuft der Laden doch im Augenblick nicht", warf Charly, Harrys rechte Hand, ein. „Hast du dir das auch gründlich überlegt?"

„Hör mal zu, Charly, die Mädels und Jungs haben in letzter Zeit richtig malocht. Da muss doch auch mal eine kleine Fete drin sein. Ich hab noch ein paar Flappen in Reserve und die hauen wir jetzt auf den Kopf!"

Harrys Mitarbeiter waren begeistert. So großzügig kannten sie ihren Chef gar nicht. Und nach dem Motto ‚Man soll die Feste feiern, wie sie fallen' stimmten sie Harry zu.

„Superidee! Elsass klingt gut. Da geben wir uns mal richtig die Kante", rief Malte dazwischen, der gerne mal einen hinter die Binde kippte und deshalb auch gerade seinen Lappen zum zweiten Mal los geworden war. „Das mit dem Bus ist genial. Zu Fuß wär nämlich schlecht. Das sind ja bestimmt dreißig Kilometer bis Mothern."

Alle grinsten, denn sie wussten, dass Malte zurzeit auf die öffentlichen Verkehrsmittel angewiesen war.

Am Mittwoch kamen Charly und Harry am späten Nachmittag in die Disco. Verabredet hatten sie sich mit den anderen Mitarbeitern an der Pagodenburg für 19.00 Uhr, von wo aus der Kleinbus starten sollte.

„Charly, schaltest du bitte die Alarmanlage ein. Ich mache nur noch kurz eine Online-Überweisung fertig."

„Wird gemacht, Harry."

Schon wenige Augenblicke später stürmte Charly in das Büro seines Chefs. „Du, da stimmt was nicht mit der Elektrik. Die Alarmanlage lässt sich nicht scharf schalten."

„Hast du die Hotline schon angerufen?"

„Nee, soll ich?"

„Was denn sonst? Die sollen ihren Hintern so schnell wie möglich herbewegen. Schließlich löhnen wir für die Wartung eine ziemliche Stange Geld."

„Meinst du die wollen jetzt noch von Offenburg durch den Feierabendverkehr bis zu uns nach Rastatt fahren?"

„Was heißt wollen? Die müssen!"

„Okay, Harry. Ich versuch´s."

Drei Minuten später erschien Charly erneut in Harrys Büro. „Ich habe bei der ‚Secura first' mit dem Vertriebsleiter gesprochen. Er sieht keine Möglichkeit, die Alarmanlage noch heute zu überprüfen. Alle Monteure sind unterwegs oder haben schon Feierabend gemacht. Für morgen Vormittag hat er aber zugesagt, jemanden vorbeizuschicken."

„So ein Mist. Und jetzt?"

„Wird schon schiefgehen. Oder soll ich hier bleiben?"

„Soweit kommt das noch." Harry blickte auf seine Uhr. „Wir müssen uns sputen. In einer Viertelstunde wollen wir uns an der Pagodenburg treffen. Geh du schon mal los. Bei mir dauert es ein paar Minuten länger. Ich muss noch zwei Telefonate führen. Aber ich beeile mich."

„Okay, dann bis gleich."

Harrys Crew musste dann doch noch fast eine halbe Stunde auf ihn warten. „Sorry, aber ich musste noch dringend telefonieren."

Die Fahrt ins Elsass verlief ohne Zwischenfälle. Mit leichter Verspätung trafen sie im Restaurant A l'Agneau ein. Die guten Weine sorgten für ausgesprochen lockere Stimmung unter den Mitarbeitern. Witze machten die Runde.

Fast hätte Harry sein Handy, das er neben sein Weinglas gelegt hatte, nicht gehört. „Hartmut Timmer", meldete er sich mit vollem Namen, denn die Telefonnummer war ihm nicht bekannt. „Wer stört?", meinte er in scheinbar bester Laune.

„Hauptkommissar Klaus Biedermann. Ich habe leider eine schlechte Nachricht für Sie. In Ihrer Diskothek gab es einen Brand. Wir haben das Feuer inzwischen weitgehend unter Kontrolle."

„Das kann ich nicht glauben. Ausgerechnet am heutigen Tag, an dem wir einen Betriebsausflug ins Elsass gemacht haben."

„Ach, Sie sind gar nicht in Rastatt?"

„Seid doch mal still. Ich krieg hier nur die Hälfte mit", wandte sich Harry an seine Mitarbeiter, die jetzt neugierig wurden. „Nein, ich meine nicht Sie. Wissen Sie schon, ob es sich um Brandstiftung handelt?"

„Nein, Herr Timmer, soweit sind wir noch lange nicht. Ich weiß, das ist jetzt blöd mit Ihrem Betriebsausflug. Aber könnten Sie trotzdem so schnell wie möglich herkommen?"

„Da bleibt mir wohl nichts anderes übrig."

„Wann können Sie hier sein?"

„Das sind zwar nur ca. dreißig km. Aber ich muss natürlich hier noch mit dem Wirt abrechnen. Doch in etwa einer Stunde müsste ich das wohl schaffen!"

„Okay, dann bis nachher. Ich bin vor Ort. Fragen Sie nach mir."

„Bindermann, stimmt doch, oder?

„Nicht ganz, Bie-der-mann, Hauptkommissar Biedermann."

„Verstanden. Ich beeile mich. Bis dann."

Aus den Gesprächsfetzen hatte sich bei den Mitarbeitern das Bild geformt. Klar wurde, dass die Diskothek offensichtlich in Brand geraten war. Direkt nach dem Telefonat bombardierten sie Harry mit Fragen.

„Ich kann nur sagen, dass es einen Brand in der Disco gegeben hat. Vielleicht ein Kabelbrand, vielleicht auch Brandstiftung. Genaueres konnte mir der Kommissar noch nicht sagen", fasste Harry kurz das Gespräch zusammen. „Auf jeden Fall müssen wir jetzt so schnell wie möglich aufbrechen. Tut mir leid. Aber das konnte ja keiner vorhersehen."

Alle nickten ihrem Chef zu. Nur Charly machte sich offensichtlich so seine Gedanken. Warme Sanierung ging ihm als in der Branche bekanntes Schlagwort durch den Kopf.

Als der Kleinbus mit Harry und seiner Crew in die Straße, in der sich die Disco befand, eingebogen war, bot sich ihnen ein Bild der Zerstörung. Die Holzbalken und die aus Papier und Plastik hergestellten Glitzergirlanden hatten dem ausgebrochenen Feuer reichlich Nahrung gegeben. Die Feuerwehr hatte den Brand zwar löschen können, aber der Dachstuhl war eingestürzt. Aus dem Inneren der Disco stiegen zahlreiche Rauchsäulen in den sternenklaren Nachthimmel.

Beim Anblick des Gebäudes oder dem, was davon übrig geblieben war, schlug Harry die Hände vors Gesicht. „Das darf nicht wahr sein", stammelte er. „Das darf alles nicht wahr sein"."Tut mir leid, Herr Timmer", sprach Hauptkommissar Biedermann Harry an. „Sind Sie trotzdem in der Lage, mir ein paar Fragen zu beantworten?"

„Klar", meinte er mit trübem Blick, „ich will, dass Sie das Schwein fassen, das mir das angetan hat. Die Sanierung des maroden Baus hat mich ein kleines Vermögen gekostet."

„Wir wissen ja noch gar nicht, ob es Brandstiftung war. Der Brand kann auch durch einen Schaden in der Elektrik entstanden sein. Kommt öfter vor, als man glaubt. Gehen wir rüber zu meinem Wagen?"

In dem Bully machte Harry seine Aussage und Klaus Biedermann sich Notizen. „Dann müssten Sie morgen Nachmittag mal im Präsidium vorbeischauen, um das Protokoll zu unterzeichnen. Kann ich im Augenblick noch was für Sie tun?"

„Nein, ist okay. In das Innere kann ich ja momentan sicherlich nicht?!"

„Nein, erst wenn die KTU durch ist und die Räumlichkeiten wieder freigibt. Aber das kann dauern. Eventuell müssen auch Stützbalken zur Sicherung der Wände und des Kamins verankert werden. Vielleicht weiß ich morgen schon mehr."

„Was ist mit meinem Safe?"

„Den stellen die Kollegen sicher."

„Noch eine Bitte. Haben Sie eine Zeichnung von den Räumen der Diskothek bei sich zu Hause?"

„Ja, ich habe einen exakten Grundriss und eine Skizze, in der alle Möbel eingezeichnet sind."

„Gut, dann bringen Sie doch bitte beides morgen mit ins Präsidium."

Am Nachmittag des folgenden Tages unterzeichnete Harry das Protokoll. Auch sein Hinweis auf die ausgefallene Alarmanlage und die Zusage der Sicherheitsfirma, am nächsten Morgen einen Monteur vorbeischicken zu wollen, wurden dokumentiert. Biedermann hatte dazu am Vorabend noch bemerkt, dass für den Ausbruch des Feuers möglicherweise ein Schmorbrand in der Anlage ursächlich gewesen sein könnte.

„Worüber wir gestern noch nicht gesprochen haben", wandte sich der Hauptkommissar abschließend nochmals an Harry. „Wie sieht´s eigentlich mit der Versicherung aus?"

„Das ist echt Glück im Unglück. Ich hatte vor zwei Monaten einen kleinen finanziellen Engpass und die Prämie nicht pünktlich gezahlt. Aber auf die Mahnung hin habe ich sofort reagiert. Also alles in trockenen Tüchern."

„War die Diskothek ausreichend versichert?"

„Ja, der Makler hat nach meinem Erwerb und der erfolgten Renovierung zusammen mit einem Gutachter von der Versicherung den Wert geschätzt. Insoweit ist alles okay. Und weil mir der Vermittler dann auch noch so eine Ausfallversicherung aufgeschwatzt hat, bin ich auch da aus dem Schneider."

„Sie meinen eine Betriebsunterbrechungsversicherung?"

„Was für ein Bandwurm! Ja, so heißt die wohl."

An den folgenden Tagen war Harry damit beschäftigt, alle Unterlagen zu sichten und zu sammeln. Nachdem in seiner Mannheimer Disco vor einigen Jahren eingebrochen worden war, hatte er es sich angewöhnt, seine Versicherungsordner, Kaufbelege und private Papiere im Schreibtisch oder im Wandsafe in seiner Wohnung zu deponieren.

Gemeinsam mit seinem Makler füllte er die Schadenanzeige aus und gab sie – versehen mit zahlreichen Anlagen – persönlich in der Hauptverwaltung des Versicherungsgesellschaft ab.

Anschließend erkundigte er sich im Präsidium, ob schon neue Erkenntnisse vorlägen. Das Telefonat wurde zu Hauptkommissar Biedermann durchgestellt.

„Guten Tag, Herr Timmer. Ja, wir können mit an Sicherheit grenzender Wahrscheinlichkeit von Brandstiftung ausgehen. Die uns von Ihnen zur Verfügung gestellte Zeichnung und der Grundriss waren hilfreich bei unseren Ermittlungen. Das Feuer ist in dem Regal für die Handtücher und die Haushaltsrollen am Ende des Tresens ausgebrochen. Leicht brennbares Material. An der Elektrik hat´s jedenfalls nicht gelegen."

„Ist denn eingebrochen worden?"

„Das konnten wir nun beim besten Willen nicht feststellen. Aber wir gehen davon aus. Wer war denn als Letzter in der Diskothek?"

„Ich, Charly war schon vorausgegangen."

„Charly?"

„Ja, Karl Kleinschmidt."

„Ach so, Ihre rechte Hand. Sind Sie denn sicher, alles ordnungsgemäß verschlossen zu haben?"

„Da können Sie Gift drauf nehmen. Ich weiß, dass ich extra noch einmal am Tor zum Hof und an der Haupttür gerüttelt habe. Schließlich war ja die Alarmanlage defekt."

„Sind Sie denn in den Wochen vor dem Brand von irgendjemandem bedroht worden? Oder haben Sie verdächtige Personen im Umfeld der Disco gesehen?"

„Nee, weder das eine, noch das andere." Harry schien nachzudenken. „Aber warten Sie mal. Es gab mal einen Anruf von so einem Typen mit ausländischem Akzent, der mir die Disco abkaufen wollte. Doch das Angebot war so lächerlich, dass ich ihm gesagt habe, er hätte wohl nicht alle Tassen im Schrank. Er hat dann noch gemeint, er würde sich noch mal melden und dann würden wir uns schon einig werden."

„Name?"

„Weiß ich nicht mehr. Er endete auf ‚olkow' oder ‚olow'. Ich glaube er hieß Kolkow oder Kokolow. Irgend so ein bulgarisch oder russisch klingender Name."

„Wann war das?"

„Sechs bis acht Wochen ist das bestimmt schon her."

„Okay, Herr Timmer, das war´s dann erst mal." Der Hauptkommissar beendete das Telefonat.

Drei Tage später erhielt Harry einen Anruf von einem Mitarbeiter Biedermanns. Es hätten sich neue Anhaltspunkte ergeben. Sein Chef habe ihn gebeten, für den Nachmittag um 15.00 Uhr einen Besprechungstermin im Präsidium zu vereinbaren. Wegen der Sicherheitsbestimmungen würde er unten beim Portier abgeholt.

Harry Timmer war erstaunt, als er das Besprechungszimmer betrat. Der Hauptkommissar begrüßte ihn und stellte die anderen Anwesenden der Reihe nach vor. Es handelte sich um den Leiter der KTU, einen Oberstaatsanwalt in Begleitung einer Referendarin, einen Mitarbeiter von Klaus Biedermann und eine Protokollantin. Biedermann bat darum, Platz zu nehmen. Dann wandte er sich an Harry.

„Herr Timmer, nach Abschluss der Ermittlungen besteht begründeter Verdacht, dass Sie den Versicherungsfall vorsätzlich herbeigeführt haben. Wir vernehmen Sie jetzt also nicht als Zeugen, sondern als Verdächtigen. Alles, was Sie jetzt vorbringen, kann in einem späteren Prozess gegen Sie verwendet werden. Sie haben das Recht zu schweigen. Wollen Sie einen Anwalt hinzuziehen?"

Er machte eine kleine Pause, um seinem Gegenüber Gelegenheit zu geben, sich zu äußern. Aber Hartmut Timmer schüttelte nur den Kopf. Er brauste nicht auf, wie es sonst schon mal seine Art war. Er wirkte sichtlich geknickt, ließ die Schultern hängen und schwieg.

„Herr Kuhn von der Kriminaltechnik wird jetzt die Ergebnisse der Untersuchungen am Tatort näher schildern."

Der Leiter der KTU begann mit seinem Bericht. „Anfangs tappten wir im Dunkeln. Als wir den Brandherd gefunden hatten, bestand zunächst kein Zweifel, dass das Feuer von einem unbekannten Dritten gelegt worden war. Eine der angebrochenen Haushaltsrollen, die sich am Ende des Tresens befunden haben musste, war - so nahmen wir an - offensichtlich in Brand gesteckt worden." Manfred Kuhn kramte in seinen Unterlagen und legte ein paar Fotos vor sich auf den Tisch. „Der Aufmerksamkeit eines meiner Mitarbeiter verdanken wir es aber, dass sich unsere anfängliche Meinung als falsch erwies. Nachdem das Löschwasser zum Teil versickert war, untersuchten wir auch den Boden." Er deutete auf die Fotos. „Im Eckbereich hinter dem Tresen unterhalb des schon erwähnten Regals befindet sich ein Gully, der randvoll gefüllt war mit schmutzigem

Abwasser. Meinem Mitarbeiter fiel auf, dass die Servicekräfte hinter dem Tresen sich ständig in diesem Bereich aufgehalten haben mussten, um Haushaltsrollen, Lappen und Handtücher aus dem Regal zu nehmen. Deshalb war es für ihn unverständlich, dass der Gully nicht mit einem so genannten Senkkastendeckel abgedeckt war. Er ging der Sache im wahrsten Sinn des Wortes auf den Grund und förderte einen Trafo zutage, an dem ein Eisendraht befestigt war. Da der Senkkasten ausreichend tief war, verschwand auch der Draht im Wasser.

Im Labor haben wir dann mit einem baugleichen Typ experimentiert, denn der Original-Trafo funktionierte verständlicherweise nicht mehr. Jetzt wissen wir mit Sicherheit, wie der Brand entstanden ist: Der Trafo wurde mit einem Draht verbunden, der wiederum mit einem starken Bindfaden an einem Haken in der Wand hinter dem Tresen befestigt war. Über den Draht wurden an der Stelle, wo der Bindfaden anfing, etliche Lagen Papier einer Haushaltsrolle gelegt. Der Trafo wurde eingeschaltet und zwar mit so minimaler Stärke, dass der Draht erst zwei bis drei Stunden später zu glimmen begann. Das Papier und der Bindfaden entzündeten sich. Der Trafo fiel mitsamt dem restlichen Stück Draht in den Gully." Der Leiter der KTU sah in die Runde. Zuletzt ruhte sein Blick auf Hartmut Timmer.

„Wenn es sich nicht um einen solch perfiden Versicherungsbetrug handeln würde, müsste ich sagen, Kompliment."

Über Harrys Gesicht huschte ein Lächeln. Es war für alle Anwesenden ein spannender Augenblick. Würde er leugnen, schweigen oder gestehen? Vielleicht war es auch so etwas wie Stolz, das ihn schließlich bewegte, die Tat jetzt und hier einzuräumen.

Hartmut Timmer wurde unter Einbeziehung eines in der Vergangenheit begangenen Versicherungsbetrugs, für den die Bewährungszeit noch nicht abgelaufen war (er hatte seinen Sportwagen in die Ukraine verschoben und dann in Deutschland als gestohlen gemeldet), zu drei Jahren Haft verurteilt. Strafverschärfend wirkte sich die Höhe der Schadensumme, strafmildernd dagegen das umfassende Geständnis aus.

Noch während der Verbüßung seiner Haftstrafe wurde er in einem weiteren Prozess des Handelns mit Betäubungsmitteln in seiner Diskothek überführt. Die schließlich gebildete Gesamtfreiheitsstrafe betrug fünf Jahre und acht Monate.

Auch in seiner Mannheimer Zeit war er schon einmal mit dem BtMG in Berührung gekommen. Damals konnte man ihm die direkte Tatbeteiligung aber nicht nachweisen.

MICKY MAUS

Seine Eltern hatten es in der Nachkriegszeit durch Fleiß und Verzicht zu einem bescheidenen Wohlstand gebracht. Sein Vater, Peter Hanisch, ein gelernter Schreiner, war spezialisiert auf den Ausbau von Inneneinrichtungen.

In Hamburg-Nienstedten hatte er ein baufälliges Häuschen erworben. Mit Hilfe seines Bruders – einem gelernten Maurer – gelang es ihm innerhalb von drei Jahren, daraus ein kleines Schmuckkästchen zu zaubern.

Wie der Zufall es wollte, hatte ein selbstständiger Kaufmann aus Blankenese, genau vor diesem Haus an einem Sonntagmorgen einen Verkehrsunfall. Ein Diplomat aus Dänemark war auf seinen Mercedes aufgefahren.

Peter Hanisch kam gerade mit seiner Frau aus der Kirche und bot sofort Hilfe an. „Sie können gerne beide zu uns hereinkommen und bei einer Tasse Kaffee auf die Polizei warten." Weil es ein nasskalter Tag war, willigten sie in diesen ungewöhnlichen Vorschlag ein. Es war ein gemütlicher Plausch, der nur vom Eintreffen der Polizei unterbrochen wurde. Man einigte sich schnell. Da es sich um einen Diplomaten handelte, sah die Polizei von einer gebührenpflichtigen Verwarnung ab. Der Däne hatte mit zwei kurzen Sätzen schriftlich bestätigt, am Unfall schuld gewesen zu sein. Er verabschiedete sich anschließend sofort.

Der Kaufmann blieb. Er betrachtete voll Interesse die schönen Möbel und die handgefertigte Sitzecke im Erker. „Das haben Sie alles selbst gemacht?", fragte er voller Bewunderung. „Wollen Sie nicht mal zu mir in mein Haus nach Blankenese kommen. Ich suche einen guten Schreiner für einen ziemlich umfangreichen Umbau."

So kam es, dass Maximilian, Peter Hanischs Sohn, seinen Vater acht Tage später begleitete, denn auch er hatte den Beruf des Schreiners erlernt.

Die Pracht des am Rande des Hirschparks gelegenen Hauses mit seinem parkähnlichen Garten überwältigte ihn. Nie zuvor hatte er ein solch imposantes Anwesen aus der Nähe betrachten können. Er konnte sich gar nicht sattsehen an den wertvollen Gemälden und Skulpturen in den diversen Wohnräumen des Hauses.

Was er zuvor durch die Erziehung seiner bescheidenen Eltern nie kennengelernt hatte, war das Gefühl von Neid. Hier nahm es Besitz von ihm. Der Stachel saß tief.

Maximilian wohnte seit drei Monaten im Dachgeschoss eines an einer verkehrsreichen Straße gelegenen Altbaus in Altona. Die mietgünstige Behausung bestand aus eineinhalb Zimmern, einer Kochnische und einem Duschbad. Zu Hause hatte er sehr viel besser gewohnt, aber er wollte raus aus dem spießigen Elternhaus, wie er es nannte. Drei Wochen später waren seine Eltern tot. Infolge eines

Schwelbrandes waren sie nachts an einer Kohlenmonoxidvergiftung gestorben.

Nach der Beerdigung zog Maximilian zurück nach Nienstedten. Seine Eltern hatten ihm nicht viel vererbt. Er wickelte ab, was abzuwickeln war. Der Versicherungsordner enthielt lediglich eine Haftpflicht- und eine Hausratversicherung, die wegen der wertvollen Inneneinrichtung kürzlich auf 140.000 Euro aufgestockt worden war.

Maximilian war enttäuscht, dass es keine Lebensversicherung gab, die für ihn zum Startkapital für eine bessere Zukunft hätte werden können. Nachts lag er jetzt immer öfter in seinem Bett und schmiedete Pläne, wie er an Geld kommen könnte. Zu seinen Freunden zählte ein windiger Versicherungsvermittler, Gerrit Sturm, der auch seinen Eltern die Erhöhung der Hausratversicherung schmackhaft gemacht hatte. Er war schon bei etlichen Gesellschaften angestellt gewesen. Doch oft wurde ihm bereits während der Probezeit gekündigt. Letztlich hatte man ihm seine Betrügereien nie nachweisen können, ihn in manchen Fällen wegen befürchteter negativer Schlagzeilen auch nicht anzeigen wollen.

Gerrit schien ihm der richtige Mann für seinen Plan. Am nächsten Samstag rief er ihn an.

„Hallo, altes Haus, hier ist Maximilian. Lange nichts mehr von dir gehört. Wie geht's dir?", plapperte er munter drauf los.

„Ganz gut, bin immer noch bei der ‚Confidentia'. Aber was verschafft mir die Ehre deines Anrufs?"

„Eigentlich ein trauriger Anlass. Meine Alten sind gestorben. Kohlenmonoxidvergiftung. Nachts im Schlaf."

„Tut mir leid, Max."

„Schon gut."

„Und jetzt kommst du mit den Versicherungen nicht klar, oder warum rufst du an?"

„Genau, Versicherung ist das richtige Stichwort. Wäre gut, wenn du mal vorbeikommen könntest."

„Heute ist schlecht, aber morgen hätte ich Zeit."

„Okay, 12.00 Uhr?"

„Passt. Wohnst du noch bei deinen Eltern? Äh, ich meine in ihrem Haus?"

„Ja, Adresse hast du?"

„Klar, in Nienstedten. Dann bis morgen Mittag."

Kurz nach halb eins klingelte es. „Fast pünktlich", begrüßte er seinen Besucher mit leicht ironischem Unterton.

„Stau auf der Elbchaussee", kam es wenig überzeugend zurück.

„Klar, am Sonntag!", gab Maximilian ihm zu verstehen, dass er ihm kein Wort glaubte. „Bier?"

„Nee, ein starker Kaffee wäre mir lieber. War gestern doch ziemlich spät."

„Sieht man. Brauchst du eine Tablette?"

„Nee, geht schon", wehrte Gerrit ab. „Dann schieß mal los. Was hast du auf dem Herzen?"

Maximilian druckste ein bisschen herum. „Du kennst doch noch meine alten Micky-Maus-Hefte."

„Ja, haste mir mal gezeigt. Du bist doch immer so stolz auf deine Sammlung gewesen, vor allem auf die Erstausgabe."

„Richtig, darum geht es." Maximilian stand auf und holte das mit einer Klarsichtfolie eingewickelte Heft vom Esstisch. „Ich hab mich mal schlau gemacht. Diese Originalausgabe könnte ich für schlappe 1.000 Euro verkaufen."

„Brauchste Kohle? Du hast doch bestimmt geerbt."

„Nee, niente. Außer der Hütte hier nichts. Rein gar nichts."

„Und jetzt willst du das Heft verscherbeln?"

„Falsch, ich hab eine bessere Idee."

Maximilian ließ seinen Besucher etwas schmoren. „Um die Jahrtausendwende hat ein Verlag die kompletten Jahrgänge 1951 bis 1957 in einer geringen Auflage nachgedruckt. Die hab ich mir damals von meinem Konfirmationsgeld gekauft. War nicht billig, aber hat sich rentiert."

„Versteh ich nicht! Nun mal Butter bei die Fische. Was hast du vor?"

„Du erinnerst dich doch, dass du wegen der Hausratversicherung bei meinem Alten warst und die Summe aufgestockt hast. Auf 140.000 Euro. Bisschen viel, wie ich meine. Da hast du wohl Dollarzeichen im Auge gehabt wegen der Provision. Aber jetzt finde ich die Summe gar nicht so schlecht."

„Mensch Max, nun mach mal voran. Lass dir doch nicht jeden Wurm aus der Nase ziehen", meinte Gerrit ungeduldig.

„Also ich habe hier eine CD, auf der ungefähr drei Dutzend Fotos sind. Zuerst nur Aufnahmen von der Wohnung. Möbel und Bilder, alles nur Drucke. Ziemlich wertloses Zeug. Zum Schluss habe ich von den im Schrank gestapelten Micky-Maus-Heften – alle in Klarsichtfolie eingewickelt – etliche Fotos gemacht, und zwar so, dass man nur die Rückseiten erkennen kann. Ein paar nachgedruckte Exemplare vom Jahrgang 1951 habe ich aufgefächert und zusammen mit einer Inventarliste ebenfalls fotografiert. Ganz am Ende sind dann noch Aufnahmen von meinem Schätzchen, also von der Original-Ausgabe Nr. 1 von 1951."

„Ich verstehe nur Bahnhof."

„Kannst du auch nicht schnallen. Also es ist so. Die Originale sind ein Zigfaches wert gegenüber den Nachdrucken. Wenn mir meine Hefte geklaut würden, könnte ich behaupten, dass das alles Originalausgaben aus den 50-er-Jahren waren, die mein Alter gesammelt hat. Die Versicherungsfritzen müssten mir das glauben. Das Gegenteil könnten sie mir schließlich nicht beweisen. Kapierst du jetzt?"

„Aber du musst doch wenigstens nachweisen können, dass du Originale gehabt hast!"

„Mach ich ja gerade. Bei der Nr. 1 hab ich das Deckblatt und die Rückseite fotografiert. Was du nicht wissen kannst, ist, wie sich Original und Nachdruck voneinander unterscheiden."

„Und was ist der Unterschied?"

„Bei den Nachdrucken ist der Preis nicht auf dem Deckblatt angegeben. Anders beim Original. Da steht ‚75 Pfennig' drauf. Und deshalb habe ich das Foto mit den aufgefächerten Heften so gemacht, dass die Inventarliste die Stelle verdeckt, wo bei den Originalen der Preis aufgedruckt ist", antwortete Maximilian, sichtlich stolz auf seinen Einfall. „Es gibt noch einen Unterschied. Und zwar befindet sich auf den nachgedruckten Exemplaren auf der Rückseite ein entsprechender Hinweis. Aber davon gibt's keine Fotos auf der CD."

Gerrit dachte nach. „Und was hab ich damit zu tun?"

„Mensch, du bist heute aber wirklich ziemlich begriffsstutzig. Du meldest bei der Vertragsabteilung, dass ich die Hausratversicherung von meinen Eltern übernommen habe. Dann sagst du dem Sachbearbeiter, dass er diese CD zur Akte nehmen soll, quasi zur Sicherheit."

„Jetzt kapier' ich. Dann hat die Confidentia praktisch schon die vermeintlichen Beweise, die sie im Schadenfall von dir verlangen würde."

„Der Kandidat hat 100 Punkte!"

„Aber was springt da für mich bei der ganzen Sache raus?"

„Zwanzig Prozent!"

„Zu wenig. Schließlich könnte mich das schon wieder meinen Job kosten. Bei einem Drittel bin ich dabei."

„Deal", meinte Maximilian und streckte Gerrit zur Bestätigung die Hand hin. „Okay, Deal!"

Knapp drei Monate später meldete Maximilian Hanisch bei der Polizeistation in Nienstedten an einem Dienstagabend einen Einbruch in sein Haus.

Die Spurensicherung war mit drei Leuten vor Ort. In ihrem Bericht stellte die Spusi fest, dass die Einbrecher die Terrassentür aufgehebelt hatten. Es habe sich offensichtlich um Profis gehandelt: Keine Fingerabdrücke, keine DNA. Die Täter seien sehr gezielt vorgegangen. Die Beute habe aus einer Geldkassette, einem Laptop und einer umfangreichen Sammlung von Micky-Maus-Heften bestanden.

Maximilian wurde schon kurz darauf das Aktenzeichen mitgeteilt. Er gab es weiter an die Versicherungsgesellschaft, die er direkt am Tag nach dem Einbruch informiert hatte.

In der jeden Montagmorgen bei der Confidentia stattfindenden so genannten Lage, in der die Gruppenleiter des Schadenbereichs besondere Fälle mit ihrem Abteilungsleiter besprachen, war dieser Einbruch Hauptthema.

„Einer der merkwürdigsten Schäden, die wir bisher

in meiner Gruppe hatten", begann Stefan Fenske. Er schilderte die Übernahme der Versicherung durch den Sohn nach dem Tod der Eltern, ging kurz auf den Bericht der Spusi ein und äußerte seine Zweifel am Vorliegen eines ersatzpflichtigen Schadens. „Bei extrem wertvollem Hausrat mit hohem Wertsachenanteil erhalten wir gelegentlich zur vorweggenommenen Beweissicherung für den Fall der Fälle mit dem Antrag eine CD. Damit soll aber in erster Linie die Risikoeinschätzung erleichtert werden. Auch der Umfang erforderlicher Sicherungen, wie beispielsweise die Installation einer Alarmanlage, ist so besser einzuschätzen. Da sprechen wir aber von Versicherungssummen von 750.000 Euro aufwärts."

„Wurde denn Unterversicherungsverzicht vereinbart?", erkundigte sich der Abteilungsleiter. Fenske nickte.

„Und wie hoch ist die Schadensumme?"

„Die Forderung des VN beläuft sich auf circa 60.000 Euro. Wir lassen das gerade von einem Gutachter prüfen."

„Was außer Ihrem meist richtigen Bauchgefühl begründet Ihre Zweifel?", grinste der Abteilungsleiter.

„Die Sache ist einfach zu perfekt. Die CD erhielten wir von dem Außendienstmitarbeiter - wie soll ich sagen? - so ganz nebenbei. Er hat sie dem Sachbearbeiter der Vertragsabteilung mit dem Hinweis gegeben, der VN sei so ein pingeliger Typ, der immer alles ganz genau nehme."

„Und dann hat sich unser Vermittler die CD gar nicht erst angeguckt, stimmt's."

„Genau so ist's gelaufen", antwortete Fenske. „Merkwürdig ist auch, dass die ganzen Fotos auf der CD nur belegen, dass sich das Heft Nr. 1 vom ersten Jahrgang 1951 offensichtlich im Besitz des VN befunden haben muss. Vorder- und Rückseite wurden fotografiert und beweisen eindeutig, dass es sich um die Originalausgabe gehandelt hat. Ob er sie sich ausgeliehen hat oder ihm dieses Original tatsächlich gehörte, weiß ich natürlich nicht. Bei allen anderen Heften wurden die Vorderseiten zwar auch fotografiert, aber der Teil, auf dem beim Original der Preis von 75 Pfennig aufgedruckt ist, wurde verdeckt."

„Wie verdeckt? Dann ist das doch eindeutig manipuliert", warf ein anderer Gruppenleiter ein.

„Leider nein. Sehen Sie sich das hier mal an." Damit legte Fenske ein paar Fotos auf die Tischmitte. „Hier bei der Aufnahme mit den aufgefächerten Exemplaren liegt auf der entscheidenden Stelle eine mit abfotografierte Inventarliste. Ich glaube zwar auch, dass das absichtlich so aufgenommen wurde, aber ein Beweis für unsere Vermutung der Manipulation ist das eben nicht, allenfalls ein Indiz."

„Also zähneknirschend zahlen?", schaltete sich jetzt der Abteilungsleiter wieder in den Dialog ein. „Auf keinen Fall. Die Sache stinkt zum Himmel. Gut ausbaldowert, zugegeben, aber wir sollten nicht sofort den Schwanz einziehen. Mein Vorschlag: Wir lehnen ab und lassen durchblicken, dass wir Beweise in petto hätten."

„Vergleichsbereitschaft?"

„Klar, bei dem dünnen Eis kommen wir da wohl nicht drum herum."

„Hat der Außendienstmitarbeiter seine Finger mit im Spiel? Haben Sie den mal überprüft?"

„Bei dem ADM handelt es sich um Gerrit Sturm. Wenig Absatz. Einmal bisher aufgefallen, als ein Kaskoschaden gemeldet wurde, der Antrag auf Kaskoeinschluss aber erst später bei uns eingegangen ist. Angeblich war der Antrag fünf Tage bei Sturm wegen einer nicht nachgewiesenen Corona-Erkrankung liegengeblieben. Inzwischen habe ich auch von der Abteilung Außendienst erfahren, dass er immer nur sehr kurz bei seinen vorherigen Arbeitgebern beschäftigt war."

„Also zuzutrauen wäre es ihm schon, dass er da mitgemischt hat?"

„Ja, die Übergabe der CD spricht dafür."

„Okay, dann lehnen Sie die Erstattung mit Hinweis auf vorsätzliche Herbeiführung des Versicherungsfalls ab. Kurz und knapp. Das Pulver nicht schon jetzt verschießen. Dass der VN klagt, ist wohl ziemlich sicher. So wie der die ganze Sache eingestielt hat. Ziemlich clever."

Der Zivilprozess fand vor dem Landgericht Hamburg statt. Ein Journalist vom Hamburger Abendblatt, offensichtlich von der Klägerseite informiert, verfolgte den Prozess.

Von Anfang an musste der unbefangene Zuhörer den Eindruck gewinnen, dass die Vorsitzende Richterin erhebliche Zweifel an der Darstellung des klagenden Versicherungsnehmers hatte. Ihre Fragen waren entsprechend eingefärbt und zielten offensichtlich darauf ab, den Kläger in Widersprüche hinsichtlich seiner Aussage zu verwickeln. Ebenso verhielt sie sich bei der Vernehmung des Zeugen Sturm.

Als sie dessen vorherige Anstellungen bei anderen Versicherern ansprach – von der Beklagten schriftsätzlich ins Feld geführt – erhob der Rechtsanwalt des Klägers Einspruch mit dem Hinweis, das tue nichts zur Sache. Es kam zu einem Disput zwischen ihm und der Richterin, die die Art ihrer Befragung damit verteidigte, dass es schließlich um die Glaubwürdigkeit des Zeugen ginge.

Vor Beendigung der Beweisaufnahme bat die Richterin die Rechtsanwälte der beiden Parteien nach vorne an den Richtertisch. Sie legte dar, erhebliche Zweifel an der Darstellung des Klägervortrags zu haben. Sie stütze ihre Ansicht darauf, dass das vorgelegte Fotomaterial nur beweise, dass dem Kläger die Originalausgabe des Heftes Nr. 1 vorgelegen habe. Nicht bewiesen sei, dass es sich dabei um sein Eigentum gehandelt habe. Auch blieben bei den anderen Heften erhebliche Zweifel hinsichtlich der Behauptung des Klägers, ihm seien Originale gestohlen worden.

Andererseits räumte die Vorsitzende ein, dass auch die Beklagtenseite sich überwiegend nur auf Indizien berufe. Sie sei sich über den Ausgang des Verfahrens daher letztlich noch nicht im Klaren. Sie schlug eine Vertagung vor. Bis zum nächsten Termin sollten die Parteien sich noch überlegen, ob das Verfahren nicht vergleichsweise beendet werden könnte.

Bereits am nächsten Tag setzten sich die Parteien in der Hauptverwaltung der Confidentia in Anwesenheit von Maximilian Hanisch zusammen.

Direkt zu Beginn der Sitzung erklärte sich der Abteilungsleiter, der in Begleitung des Gruppenleiters Fenske die Verhandlung führte, bereit, ein Drittel der eingeklagten Summe zu zahlen. So hatten sie sich zuvor abgesprochen.

Der Rechtsanwalt des Klägers forderte zwei Drittel. Die Parteien einigten sich schließlich auf die Hälfte der Forderung, wobei die Confidentia noch das Anwaltshonorar und die Gerichtskosten übernahm.

BADEWANNE

„Warum immer so misstrauisch?", fragte Nina Seiler, ihre Kollegin Maria Behr, Referentin im Schadenreich des in Dortmund ansässigen Kompositversicherers Norosta AG. „Überall witterst du Betrug!"

„Erfahrung, meine Liebe. Wenn du erst einmal mehr als zehn Jahre hier auf dem Buckel hast, dann entwickelst du ein Gefühl dafür, ob ein Unfall getürkt ist oder nicht", sagte sie zu ihrer Kollegin, die gerade im Vorjahr ihre Prüfung zur Versicherungskauffrau abgelegt hatte.

„Aber so ein Unfall in der Badewanne geschieht doch alle naslang. Der Schaum macht den Boden glitschig und zack, schon ist's passiert. Aufgestanden, ausgerutscht, hingeknallt."

„Warten wir's ab. Auf jeden Fall war die Witwe schneller als der Schall. Die Leiche noch nicht kalt, aber schon nach der Police gesucht."

„Was ist denn mit dem Totenschein?", fragte Nina. „Alles okay?"

„Tod durch Schädelfraktur."

„Von wem ausgestellt?"

„Vom Hausarzt", antwortete Maria. „Aber das ist ja nun kein Freifahrtschein. In meiner Praxis ist mir schon einmal ein Fall untergekommen, bei dem der Sturz die Folge eines Herzinfarkts war. Und wie sage ich dann als gebürtige Schwäbin? Mir gebbet nix!"

Ein Monat nach diesem Gespräch zwischen den Kolleginnen kam ein Schreiben von Rechtsanwalt Dr. Peter Mohren. Er meldete die Ansprüche seiner Mandantin Irma Petersen an, verwies auf den in Kopie beigefügten Totenschein und bat um treuhänderische Auszahlung auf sein Anwaltskonto.

Die Schadenreferentin wählte die Nummer der Kanzlei.

„Mein Name ist Maria Behr von der Constantia-AG. Ich hätte gerne Dr. Mohren gesprochen."

„In welcher Angelegenheit?"

„Petersen gegen Constantia."

„Ein Moment bitte, ich verbinde."

Ein paar Sekunden verstrichen. Die kleine Nachtmusik ertönte, während die Referentin auf die Verbindung wartete.

„Dr. Mohren. Guten Tag, Frau … Behr. Habe ich den Namen richtig verstanden?"

„Ja. Ich rufe an wegen der Unfallsache Petersen. Wir brauchen noch ein wenig Zeit zur Prüfung", gab Maria Behr zu verstehen.

„Wieso? Nach Aktenlage ist der Fall doch wohl eindeutig!"

„Das ist reine Routine, dass wir die Ermittlungsakte der Staatsanwaltschaft anfordern. Bei Unfalltod ist das quasi Voraussetzung, bevor wir leisten."

„Natürlich, Sie sagen es, reine Routine", meinte Dr. Mohren und klang beruhigt. „Wann kann ich denn mit einem Ergebnis rechnen? Sie verstehen, die Mandanten machen gerne ein wenig Druck."

„Wir werden uns beeilen, aber noch ist die Akte nicht hier. Sobald ich sie habe, schaue ich die Unterlagen sofort durch und melde mich bei Ihnen."

„Gut, dann warte ich auf Ihre Nachricht. Schönen Tag."

„Ihnen auch. Sie hören von mir."

Die Akte ließ auf sich warten. „Nein, wir haben die Unterlagen immer noch nicht", gab die Referentin wahrheitsgemäß Auskunft, als sich der Rechtsanwalt nach zehn Tagen telefonisch meldete. „Vielleicht erkundigen Sie sich einmal bei der Polizei. Das Aktenzeichen haben Sie doch, oder?"

„Ja, ja, natürlich, dann frage ich da mal nach."

Nina Seiler, die sich mit ihrer Kollegin das Büro teilte, hatte einen Teil des Telefonats mit bekommen. „Läuft da bei dem Badewannenunfall was schief?"

„Erinnerst du dich noch an unser Gespräch von damals?"

„Klar, du hattest so ein komisches Bauchgefühl!"

„Du sagst es. Jetzt ruf ich mal selber bei der Polizei an."

Gesagt, getan. Über das Aktenzeichen gelang es ihr schließlich, sich mit der zuständigen Polizeidienststelle verbinden zu lassen. Doch die teilte ihr mit, dass die Unterlagen an die Staatsanwaltschaft abgegeben wurden.

„Holla, die Waldfee! Jetzt bin ich aber wirklich neugierig", meinte Maria nach dieser Auskunft. „Dann schauen wir doch mal, warum so eine Allerweltssache", dabei zwinkerte sie ihrer Kollegin zu, „solche Wellen schlägt."

Auch Nina hatte jetzt Blut geleckt und nickte Maria aufmunternd zu. „Wenn die die Akte nicht so ohne Weiteres rausrücken, können wir doch mal eine kleine Dienstfahrt unternehmen und den Staatsanwalt besuchen." „Keine schlechte Idee! Jetzt ruf ich erst mal an."

Das Büro der Staatsanwaltschaft bedauerte. Aus ermittlungstaktischen Gründen könne sie zu dem Fall keine Auskunft geben. Sobald man mehr wisse, würde man die Constantia informieren. Die Referentin nannte ihren Namen, die Durchwahl und die Schadennummer, unter der die Angelegenheit bearbeitet wurde. „Irgendwas stinkt da", äußerte sich Maria nach dem Telefonat gegenüber ihrer Kollegin. „So wie die Staatsanwaltschaft sich verhält, gehen die offensichtlich vom Vorliegen einer Straftat aus."

„Woraus schließt du das?", wollte Nina wissen. „Die machen total dicht. Ich ruf jetzt noch mal den Anwalt an." Sie wählte die Nummer der Kanzlei.

„Ich bin's schon wieder, Maria Behr von der Constantia. Könnte ich Dr. Mohren noch mal sprechen?"

„Ich will sehen, ob er noch in seinem Zimmer ist. Er hat gleich eine Besprechung."

„Dr. Mohren, was gibt's denn noch, Frau Behr?", meldete er sich, erkennbar etwas in Eile.

„Entschuldigen Sie, wenn ich noch mal störe, aber ich hatte eben ein merkwürdiges Telefonat mit der Staatsanwaltschaft. Ermitteln die etwa?"

Der Rechtsanwalt hüstelte, offensichtlich, um Zeit zu gewinnen. „Ja, also, wir haben uns auch schon gewundert, denn die Leiche wurde immer noch nicht freigegeben."

„Ach, das ist ja interessant. Und warum haben Sie mir das in unserem letzten Telefonat nicht gesagt?"

Es lag ihm auf der Zunge zu sagen, dass sie danach ja nicht gefragt habe, aber er besann sich eines Besseren. „Okay, das hätte ich vielleicht erwähnen sollen.

„Vielleicht ist gut", fiel Maria Behr ihm ins Wort. „Sie haben recht, das war nicht ganz fair", räumte der Anwalt kleinlaut ein. „Aber dass die Staatsanwaltschaft ermittelt, muss ja noch nichts heißen. Wir gehen nach wie vor von einem Unfall aus."

„Warten wir's ab", antwortete die Referentin. „Wir sollten aber vereinbaren, dass wir uns gegenseitig sofort informieren, sobald es etwas Neues gibt. Einverstanden?"

„Ja, natürlich, liegt ja auch in unserem Interesse."

„Dem hast du aber ganz schön den Kümmel gerieben", meinte Nina, kaum dass Maria das Gespräch beendet hatte.

„Der spinnt wohl. Typisch Anwalt! Auf den Bericht der Pathologie bin ich jetzt aber richtig gespannt."

„Was vermutest du?"

„Alles offen. Zwei Alternativen. Entweder war der Sturz todesursächlich oder der Herzinfarkt."

„Es gibt ja auch noch die Möglichkeit, dass der Herzinfarkt den Sturz verursacht hat und der dann tödlich war."

„Stimmt, das könnte auch sein."

Es kam ganz anders. Keine der aufgezeigten Möglichkeiten traf zu. Die Leichenschau ergab, dass der Herzinfarkt zwar den Sturz ausgelöst hatte. Der war aber nicht todesursächlich. Vielmehr konnte festgestellt werden, dass das Opfer zwei Kopfwunden aufwies. Die erste Kopfverletzung löste ein Schädelhirntrauma aus. Im bewusstlosen Zustand wurde dem Opfer dann eine zweite Kopfverletzung zugefügt. Die Tatausführung ließ sich exakt rekonstruieren, weil die Täterin, die Witwe des Opfers, eine Knochenfehlbildung am rechten Daumen hatte. Als sie den Kopf mit voller Wucht auf den Badewannenrand schlug, packte sie so fest zu, dass das sich unterhalb des Ohrs entwickelte Hämatom ihr zugerechnet werden konnte.

Den gegen sie erhobenen Mordvorwurf stützte die Staatsanwaltschaft auf das Motiv Habgier. Dr. Mohren riet Irma Petersen bei der vorliegenden Beweislage, die Tat zu gestehen. Nach dem Geständ-

nis plädierte der Rechtsanwalt auf Totschlag. Seine Mandantin hätte im Affekt gehandelt. Ein Mordmotiv wäre nicht erkennbar.

Dem folgte das Gericht nicht. Es sah es als bewiesen an, dass Irma Petersen aus Habgier gehandelt hatte. Sie wurde zu lebenslanger Haft verurteilt.

ÖLSPUR

„Den hat's aber richtig zerlegt", meinte Ralf Wicking, langjähriger Schadensachbearbeiter bei der Südstern in Stuttgart beim Betrachten der eingescannten Unfallfotos zu seinem Kollegen. Simon Härtel sollte in der Bezirksdirektion Nürnberg Gruppenleiter werden und war für drei Monate zur Ausbildung in die Hauptverwaltung abkommandiert worden. „Da werden wir wohl löhnen müssen."

„War er allein im Wagen?", fragte Härtel.

„Ja, hinterlässt Frau und zwei schulpflichtige Kinder."

„Wie war er versichert?"

„Vollkasko, aber das ist nicht das Problem. Der Wagen war schon über vier Jahre alt."

„Was ist dann das Problem?"

„Schau dir mal hier die Maske an." Er drehte den Bildschirm zu seinem Kollegen. „Fällt dir was auf?"

Der Vertragsspiegel zeigte sämtliche Sach-, Haftpflicht-, Unfall- und Kfz-Verträge, die auf Jan Feddersens Namen im Laufe der letzten neun Jahre abgeschlossen worden waren.

„Nichts Besonderes, nur die Höhe der Unfallversicherung."

„Und sonst fällt dir wirklich nichts auf?"

„Ein paar stornierte Verträge. Aber das ist normal."

„Schau dir doch mal die Daten an!"

„Klar. Du meinst das Änderungsdatum der UV."

„Genau. Der Vertrag wurde erst vor knapp drei Monaten umgestellt. Verdreifachung der Todesfallsumme." Er pfiff hörbar durch die Zähne.

„Zufälle gibt's", grinste Härtel.

„Ja, und an die glaube ich nicht. Bin schon zu lange im Geschäft. Da verlasse ich mich auf mein E und mein B: Erfahrung und Bauchgefühl."

Wenige Tage später erhielt die Südstern ein Schreiben von Rechtsanwalt Dr. Holger Siebel, den die Witwe Klara Feddersen mit der Wahrnehmung ihrer Interessen beauftragt hatte. Da der Polizeibericht auf sich warten ließ, forderte Wicking ihn per Mail bei der entsprechenden Dienststelle an. Am folgenden Montag erhielt er eine Antwort, ebenfalls per Mail:

„Sehr geehrter Herr Wicking,

zu dem im Betreff genannten Aktenzeichen senden wir Ihnen den erbetenen Bericht zum Unfallhergang zum Nachteil von Jan Feddersen zur geflissentlichen Kenntnisnahme in der Anlage. Ursächlich für den tödlichen Unfall war eine Ölspur, wie Sie den Aufnahmen entnehmen können. Fremdverschulden ist auszuschließen. Auf der Landstraße war die zulässige Höchstgeschwindigkeit 100 km/h, die nicht überschritten wurde. Wegen der Einzelheiten verweisen wir auf den Bericht des Sachverständigen."

„Geschwollener geht's nimmer", meinte Wicking, als er die Mail gelesen hatte. „Beamtendeutsch hoch zehn. Um den Bericht zu lesen, sollen wir uns nach deren Meinung also erst einmal in die Anlage begeben. Warum schreiben die bloß so ein gestelztes Zeug?"

„Reg Dich wieder ab. Du änderst die bestimmt nicht. Kannste lang drauf warten!"

„Hast ja recht. Da müssen wir wohl löhnen und dann die Akte schließen. Da ist nichts zu machen. Suizid – wie ich zuerst vermutet hatte – scheidet wohl aus. Der ist voll durch die Öllache gebrettert und dann gegen den Brückenpfeiler geknallt. Hier schau dir die Fotos mal an."

Er gab Härtel die Blätter, die er sich ausgedruckt hatte.

„Die hätten sich aber ruhig die Mühe machen können, die Fotos farbig einzuscannen."

„Wieso? Reicht doch, die Öllache kannst du klar erkennen. Ich rufe nächste Woche den Anwalt an und teile ihm mit, dass wir zahlen werden."

„Willst du dir denn nicht wenigstens vorher noch mal die Akte kommen lassen?"

„Was bringt´s?"

„Und dein Bauchgefühl?"

„Hab ich mich eben geirrt."

Härtel ließ die Sache keine Ruhe. Er startete eine Anfrage beim Gesamtverband. Irgendwie hatte ihn die bei seinem Kollegen Wicking von Anfang an vorhandene Skepsis angesteckt.

Am Freitagmorgen hatte er die schriftliche Verbandsinfo in seinem Postfach. Treffer. Feddersen hatte in derselben Woche, als er den Antrag auf Summenerhöhung seiner UV bei der Südstern unterschrieben hatte, auch einen Antrag für eine Risikolebensversicherung bei der ‚Primavita AG' über 240.000 Euro gestellt.

Triumphierend fuchtelte er mit dem Schreiben vor dem Gesicht seines Kollegen rum.

„Wer hat dich denn gebissen?", grantelte Wicking.

„Niemand, aber mir hat eine innere Stimme gesagt, frag doch mal beim Verband nach. Und hier ist die Antwort."

Wicking las den Brief. „Wow! Das ist in der Tat ein Hammer. Hat dir keine Ruhe gelassen. Kompliment!"

„Dann sollten wir jetzt aber mal die Akte anfordern."

„Was mich brennend interessiert, ist ..."

„Weiß schon, was du meinst", unterbrach Härtel ihn, „du willst dem Anwalt auf den Zahn fühlen, ob er den Lebensversicherer auch angeschrieben hat."

„Genau. Da bin ich mal gespannt, was der feine Herr Doktor uns dazu zu sagen hat."

Der Rechtsanwalt zeigte sich unbeeindruckt. „Nennen Sie mir einen Grund, weshalb ich Ihnen hätte mitteilen sollen, dass ich auch die Forderung meiner Mandantin gegenüber der ‚Primavita' geltend gemacht habe."

„Ihrer Antwort entnehme ich, dass Sie nicht im Traum daran gedacht haben, Feddersen könnte sich vorsätzlich das Leben genommen haben? Wie sollten Sie auch, da würde ja bei der erst kürzlich abgeschlossenen Lebensversicherung die Selbstmordklausel ausgesprochen ärgerlich sein", meinte er mit beißender Ironie.

„Sie vermuten richtig, Suizid ist eindeutig auszuschließen. Auch die Polizei geht von einem tragischen Unfall aus. Wenn Sie also verhindern wollen, dass ich Klage einreiche, sollten Sie schnellstmöglich die Versicherungssumme auf das Konto meiner Kanzlei überweisen!"

„Tun Sie, was Sie nicht lassen können, das steht Ihnen frei. Wir werden jedenfalls zunächst einmal die Akte anfordern, die uns bisher nur auszugsweise vorliegt. Sie wurde uns lediglich per Mail-Anhang übermittelt." Wicking ließ sich von der Drohung nicht schrecken. „Wir melden uns dann bei Ihnen." Grußlos unterbrach er die Verbindung.

Fünf Tage danach traf die Akte im Schadenbereich ein. Die zusätzlichen Notizen bestätigten nur die bereits bekannten Fakten. Interessehalber breiteten die beiden Kollegen die Fotos, die in einer Schutzhülle steckten, auf dem Schreibtisch aus.

„War vielleicht doch nicht so falsch, die Originalakte anzufordern", meinte Härtel.

„Wieso? Alle Fotos sind identisch mit denen, die wir schon gesichtet haben."

„Stimmt!"

„Nun, mach hier kein Quiz. Was ist denn anders?"

„Die Farbe!"

„Das ist ja eine unglaubliche Erkenntnis! Farbfotos unterscheiden sich von Schwarz-Weiß-Bildern durch die Farbe. Da muss man erst mal drauf kommen", giftete Wicking seinen Kollegen an.

„Schau mal hier", fuhr Härtel unbeirrt fort, „fällt dir an der Öllache nichts auf?"

„Mensch, ich Idiot! Klar, ein bisschen hell für eine Lache von verschmutztem Motoröl auf einer Straße! So langsam frage ich mich, wer hier wen in die Tiefen der Schadensachbearbeitung einführen soll", schlug Wicking jetzt einen versöhnlichen Ton an.

„Also, was machen wir?"

„Das schauen wir uns jetzt mal vor Ort an. Außentermin, muss auch mal sein. Ein bisschen frische Luft wird uns nicht schaden."

Gesagt, getan. Die beiden Kollegen fuhren nach Sindelfingen, wo Feddersen ums Leben gekommen war. Die zahlreichen, nur schwach ausgeprägten Bremsspuren hatten laut Polizeibericht nicht eindeutig dem verunfallten Wagen zugeordnet werden können. An der Unfallstelle waren die inzwischen abgestreuten Flächen noch erkennbar. Die geringen Ölreste waren nachgedunkelt.

„Da haben wir wohl schlechte Karten", musste Härtel einräumen. „Vielleicht ist das Foto von der Öllache durch die Sonneneinstrahlung verfälscht worden und deshalb heller als in Wirklichkeit."

Trotzdem schritten sie die Strecke bis zum Brückenpfeiler ab. Immer noch angetrieben von der

Hoffnung, doch noch irgendwelche Hinweise zu finden, die ihre Vermutung stützen würde, der Unfall sei vorsätzlich herbeigeführt worden.

„Erfreulich für die Witwe", meinte Wicking achselzuckend. „Aber mich ärgert das schon, dass wir nichts beweisen können."

„Okay, dann lass uns wieder fahren."

Sie gingen zurück zum Wagen. Beim Einsteigen auf der Beifahrerseite bemerkte Härtel ein von der Sonne verursachtes Glitzern zwischen den Büschen in einer Entfernung von etwa 50 Metern. „Warte mal einen Moment", sagte er zu seinem Kollegen.

„Was ist denn jetzt noch?"

„Da hinten, siehst du das Glitzern?"

„Was wird das schon sein? Irgendeine Getränkedose, die einer aus dem Fenster geworfen hat. Leider Gottes ja inzwischen keine Seltenheit."

Aber Härtel war schon auf dem Weg zum Gebüsch. Er brach einen kleinen Zweig ab, steckte diesen in das Loch im Deckel und fischte die Dose zu sich heran. Triumphierend hielt er sie hoch und zeigte sie Wicking, der seinem Kollegen inzwischen widerwillig gefolgt war. „Irre ich mich, oder ist das eine leere Öldose? Da frag ich mich doch, wie kommt die hierher? Und vor allem, wer hat die hier hingeworfen?"

„Mich laust der Affe! Sollte unsere Fahrt doch nicht umsonst gewesen sein?"

„Hast du eine Plastiktüte im Auto?", fragte Härtel. „Bloß keine Spuren verwischen. Vielleicht hat unser toter Mister Superschlau hier doch einen winzigen Fehler gemacht. Am besten bringen wir die Dose gleich zur Polizei."

Eingewickelt in eine Folie übergaben sie das Fundstück vom Unfallort dem Beamten, der den Bericht der KTU an die Südstern weitergeleitet hatte. Er versprach, die Öldose auf Fingerabdrücke untersuchen zu lassen.

Entgegen der Androhung von Rechtsanwalt Dr. Siebel, Klage einreichen zu wollen, kam es dazu nicht mehr. Die KTU hatte auf der Dose Fingerabdrücke sicherstellen können. Ein direkter Abgleich mit dem Toten war nicht mehr möglich, da die Leiche nach der Freigabe verbrannt worden war.

Die inzwischen eingeschaltete Staatsanwaltschaft ordnete eine Hausdurchsuchung an. Etliche Gegenstände des Toten wurden beschlagnahmt. Ein Abgleich ergab mehrere Treffer. Die zunächst getroffene Feststellung, Feddersen sei Opfer eines tragischen Unfalls geworden, wurde revidiert. Der Versicherungsfall sei vorsätzlich herbeigeführt worden.

Sowohl der Lebensversicherer Primavita als auch die Südstern lehnten daraufhin die Zahlung der Versicherungssummen ab.

PHILHARMONIKER

Die Musik war sein ein und alles. Aber ganz nach oben hatte es nicht gereicht. Paul Persson spielte die zweite Geige. Nicht nur im Orchester. Auch im Leben.

Anfangs schien das Glück vollkommen: Leonore – welch Klang in seinen Ohren. Im Konservatorium war er ihr zum ersten Mal begegnet. Sie spielte Klavier. Nicht nur ihres Namens wegen liebte sie Beethoven. Über die Liebe zur Musik fanden sie zueinander. Sie heirateten.

Er sollte der Vater ihrer Kinder werden. Sie hatte eine Schwester und zwei Brüder. Mindestens zwei Pärchen wollte auch sie. Doch es kam anders. Paul konnte keine Kinder bekommen.

Eine Adoption kam nicht infrage. Sie wollte vererben, was ihre Eltern ihr mitgegeben hatten. Ihre Nachkommen sollten ihr eigen Fleisch und Blut sein.

Nach der Scheidung zog er sich zurück. Das einzige, was Persson blieb, war seine Liebe zur Musik. Doch sie machte ihn einsam. Er vernachlässigte seine Familie, seine Freunde, seine Kollegen.

Sein Spiel wurde schlechter. Im Orchester wurde er aus der ersten Reihe verbannt. Zur Vereinsamung kam die Verbitterung hinzu. Mehr und mehr schwand auch seine Begeisterung für die Musik. Er suchte die Schuld nicht bei sich.

Persson wollte weg aus der Stadt, die ihn immer wieder an seine große Liebe erinnerte. Berlin den Rücken kehren. Deutschland verlassen. In den Süden ziehen. Die Kanaren waren sein Ziel.

Er durchforstete seine Finanzen. Die Rücklagen waren gering. Die Scheidung hatte sie fast aufgezehrt. Er überprüfte seine Versicherungen. Die Lebensversicherung stellte er auf Anraten seines Vermittlers beitragsfrei, nachdem dieser riet, sie nicht zu kündigen. Der Verlust sei zu hoch.

Bei der Durchsicht seiner Unterlagen stieß er auf seine kombinierte Berufsunfähigkeits- und Unfallversicherung. Es war ein Spezialtarif für Musiker mit deutlich erhöhten Summen, wenn ein Unfall die Berufsunfähigkeit zur Folge hatte.

Wenige Tage später wurde Persson in die Sana-Klinik eingeliefert. Er hatte sich beim Holzhacken den kleinen Finger seiner linken Hand abgetrennt.

„Merkwürdig ist das schon", bemerkte Dr. Sybille Mommsen, die behandelnde Unfallchirurgin, nachdem sie und ihre Assistenzärztin den OP verlassen hatten. Sie befanden sich im angrenzenden Raum, in dem die Operationen vorbereitet werden.

„Sagst du das, weil er den abgehackten Finger nicht sofort in Eis gelegt hat? Sonst hättest du ihn sicherlich wieder annähen können", meinte Dr. Sophia Herzberg nachdenklich und betrachtete den vor ihr liegenden, bläulich verfärbten, etwa fünf Zentimeter langen Finger, der inzwischen – vom Sägemehl und Blut befreit – gesäubert worden war.

„Ja, aber das ist nur einer der Punkte, die mich irritieren", antwortete Dr. Mommsen. „Wer spreizt beim Holzhacken seinen kleinen Finger im Winkel von etwa 30 Grad ab? Das ist meiner Ansicht nach völlig unnatürlich. Was meinst du?"

„Stimmt. Glaubst du, dass er ihn sich absichtlich abgehackt hat?"

„Auf den ersten Blick sieht das so aus. Aber hast du mal auf seine Vita geschaut? Er ist Geiger und spielt bei den Philharmonikern."

„Hier in Berlin?"

„Ja, und da ist wohl kaum anzunehmen, dass er auf diese Weise seine Karriere vorsätzlich beendet."

Die beiden Ärztinnen unterhielten sich noch eine Weile über Musik und das gerade kürzlich in der Philharmonie am Savignyplatz gemeinsam besuchte Konzert des Pianisten Igor Levit.

Während sie miteinander sprachen, legte die Assistenzärztin den abgetrennten Finger in eine kleine Plastikschachtel. Gerade als sie sie schließen wollte, stutzte sie.

„Was ist, Sophia?"

„Schaul mal, Sybille, da ist neben der Schnittstelle noch eine kleine zusätzliche Schnittwunde."

„Ist mir gar nicht aufgefallen. Aber du hast recht. Die Sache wird immer mysteriöser."

„Wir sollten die Verwaltung informieren. Und die kann ja dann entscheiden, was zu tun ist."

Hartmut Fendrich, der Verwaltungschef, schaltete die Kriminalpolizei ein. Die KTU beauftragte einen Spezialisten, ein Gutachten zu erstellen. Das kam zu dem Schluss, dass mit „fast hundertprozentiger Sicherheit von einer absichtlichen Herbeiführung des Versicherungsfalles" auszugehen sei.

Nach seiner Genesung hatte Paul Persson die Juventa-Versicherung angeschrieben, den Unfall geschildert und um Auszahlung der Versicherungssumme aus der bestehenden kombinierten Berufsunfähigkeits- und Unfallversicherung gebeten. Nach der Weigerung der Gesellschaft mit Hinweis auf die „vorsätzliche Herbeiführung des Versicherungsfalles" schaltete er einen Anwalt ein. Dr. Mittelsten reichte nach einer weiteren, erfolglosen Korrespondenz mit der Juventa Klage beim Landgericht Berlin ein. Die im Prozess befragten Zeugen waren die beiden Ärztinnen und der vereidigte Sachverständige Dr. Hans Joachimsen.
Zur Überraschung der Fachleute und der Presse gewann Persson den Prozess. In der Urteilsbegründung hatte das Landgericht zwar eingeräumt, dass die Indizien und die Lebensumstände des Klägers eine „vorsätzliche Herbeiführung des Versicherungsfalles nicht unwahrscheinlich erscheinen ließen". Der Sachverständige habe aber Restzweifel geäußert,

da er in seinem Gutachten von lediglich „fast hundertprozentiger Sicherheit" sprach. Auch in der mündlichen Verhandlung habe er sich als Zeuge auf Vorhalt des Beklagtenvertreters dahingehend geäußert, dass er die Schilderung des Geschehensablaufs durch den Kläger nicht als völlig unmöglich ansehen könne.

Die Beklagte wandte ein, Persson hätte zwei Schläge ausgeführt. Beim ersten habe eine psychologische Sperre bewirkt, dass der Schwung abgebremst wurde und das Beil dadurch nur zu einer vergleichsweise geringen Verletzung des Fingers geführt habe. In zeitlich unmittelbarem Zusammenhang erfolge dann in der Regel der zweite Schlag. Dieses typische Verhalten sei auch wiederholt in der Rechtsliteratur besprochen worden. Der Einwand der Beklagten vermochte die Kammer indes nicht zu überzeugen. Vielmehr glaubte sie dem Kläger, der die zusätzliche Schnittverletzung am abgetrennten Finger mit einer kurz vor dem Unfall unsachgemäßen Handhabung des Beils begründete.

Die Juventa legte mit Erfolg Berufung beim Berliner Kammergericht ein. Auch die danach folgende höchstrichterliche Entscheidung des Bundesgerichtshofs kam zu dem Ergebnis, dass der Versicherungsfall vorsätzlich herbeigeführt worden sei. In der Begründung räumte der BGH ein, dass es sich zwar um einen reinen Indizienprozess handele, aber Perssons Lebenssituation und sämtliche ungewöhnlichen Begleitumstände des Geschehensablaufs hätten den Senat zu keiner anderen Schlussfolgerung kommen lassen.

In dem gegen Persson eingeleiteten Strafverfahren wurde er wegen Versicherungs- und Prozessbetrugs zu einer Gefängnisstrafe von zwei Jahren und drei Monaten verurteilt.

Nach Verbüßung von zwei Dritteln seiner Haftstrafe in der JVA Moabit verließ Persson Berlin. Er machte sich selbstständig und ist inzwischen als Geigenlehrer in Pforzheim tätig.

KLADDE

„Irgendwie passt das alles nicht zusammen", meinte Werner Terjung, Hauptkommissar und Leiter des Einbruchsdezernats in Frankfurt, zu seinem Stellvertreter Marc Gerland, als sie wieder im Präsidium eingetroffen waren. „Eine völlig abgewrackte Studentenbude und dann eine angeblich so wertvolle, umfangreiche Schallplattensammlung. Nachtigall, ick hör dir trapsen", meinte er in schönstem Berliner Dialekt, denn dort war er aufgewachsen.

„Kann doch gut sein. Der hat als Schüler in den Siebzigern angefangen, auf den Flohmärkten rumzustöbern. Zu der Zeit konntest du die Dinger für ein paar Mark billig kriegen. Und als dann die CDs auf den Markt kamen, haben sie dir die Schellackplatten sogar regelrecht nachgeschmissen."

„Hm, und jetzt reißen sich plötzlich alle wieder darum?"

„Stimmt genau. Angebot und Nachfrage! Inzwischen gibt's die Dinger kaum noch. Musst mal auf einen Flohmarkt gehen. Absolut keine Schnäppchen zu ergattern."

„Na, du scheinst dich da ja auszukennen."

„Und ob. Leider sind meine alten Platten größtenteils der Aufräumwut meiner Frau beim letzten Großreinemachen zum Opfer gefallen. Aber ein paar habe ich mir doch wieder aus den Kisten für den Weihnachtsmarkt vom Roten Kreuz geholt. ‚Jesus

Christ Superstar' zum Beispiel und ‚Where have all the flowers gone' von Joan Baez."

„So, so, wusste gar nicht, dass du offensichtlich auch zu den Altachtundsechzigern gehörst."

„Nee, nicht ganz, aber war schon eine verrückte Zeit! Doch jetzt mal zurück zu unserem Dauerstudenten. Wie viele Semester hat der denn eigentlich schon auf dem Buckel?"

Terjung schaute in seine Notizen. „Erst war er Kindergärtner ..."

„Echt? Kindergärtner?", unterbrach Gerland ihn. „Ich hab gedacht, dass machen nur Frauen?!"

„Nein, das gibt's schon länger. Männer als Kindergärtner. Egal. Auf jeden Fall hat er seinen Job nach fünf Jahren an den Nagel gehängt und Soziologie studiert. Inzwischen ist er", Terjung blätterte in den Unterlagen, „im vierzehnten Semester."

„Mit Regelstudienzeit hat das aber nichts zu tun."

„Wohl kaum. Der Fall wird uns sicherlich noch länger beschäftigen. Mal schauen, was die Spurensicherung noch so zutage fördert. Übermorgen sollen wir den Bericht kriegen."

Die Männer von der Spusi hatten ganze Arbeit geleistet. Einbruchspuren waren dokumentiert und kommentiert, zahlreiche Fotos vom Apartment, dem spärlichen Mobiliar und den in den beiden Schränken verstauten Utensilien vervollständigten den Bericht. Die leeren Fächer, in denen sich die

Plattensammlung befunden haben sollte, waren abgelichtet worden. Beispielhaft auch die ersten Seiten einer Kladde, in der sämtliche Titel mit Kaufdatum chronologisch aufgelistet waren. Es folgte noch der Hinweis, dass Frank Volland – so der Name des Studenten – zum Nachweis seiner Sammlung auch etliche Fotos der Plattenhüllen besaß. Auch hiervon hatten die Männer der KTU ein paar Aufnahmen gefertigt.

„Irgendein Hinweis, dass die Sache manipuliert sein könnte?", fragte Gerland seinen Chef, der gerade den Bericht fertig gelesen hatte.

„Nein, kein einziger. Also entweder ist das ein ganz Schlauer, der uns voll auf die Hörner nimmt, oder es ist tatsächlich bei ihm eingebrochen worden."

Terjung strich sich über seinen Kinnbart. „Nehmen wir mal Letzteres an, dann muss der Täter mit einem Auto in den Garagenhof gefahren sein, hat das Fenster der im Parterre gelegenen Studentenbude aufgehebelt und sämtliche Platten auf diesem Weg nach draußen geschafft. Das hätte doch jemandem auffallen müssen."

„Nee, Werner, der Bruch ist Weihnachten passiert. Es war fast keiner im Haus. Da wohnen nur Studenten und die waren an den Feiertagen wahrscheinlich alle bei Muttern."

„Stimmt, das deckt sich mit den Ergebnissen von Klaus und Edgar, die die Mieter befragen sollten. Bisher haben die beiden nur einen einzigen Bewohner erwischt. Die anderen sind noch nicht zurück aus ihrem Weihnachtsurlaub."

„Also, alles in allem, Sackgasse. Reifenspuren gibt's zwar massenhaft, aber das ist auf einem Garagenhof ja auch nichts Besonderes", meinte Marc resignierend. „Dann müssen wir wohl bis nach Silvester warten, wenn die Studenten wieder im Lande sind."

Die Befragungen blieben ergebnislos. Keinem der Mitbewohner war irgendetwas Verdächtiges aufgefallen. Der Fall wurde geschlossen.

Parallel zu den Ermittlungen der Kriminalpolizei hatte die Versicherungsgesellschaft mit ihren Nachforschungen begonnen, nachdem Frank Volland seine Ansprüche wegen der beim Einbruch abhanden gekommenen Sammlung geltend gemacht hatte.

Die bei der Primasecura vor zehn Monaten über 50.000 Euro abgeschlossene Hausratversicherung enthielt einen Unterversicherungsverzicht. Im Antrag hatte Volland angegeben, „eine ca. 250 Schellackplatten umfassende wertvolle Sammlung" zu besitzen. Da die Versicherungssumme nicht ungewöhnlich hoch war, erfolgte seitens des Versicherers keine Nachfrage, ob die Sammlung besonders gesichert sei.

Die Schadenabteilung forderte den Versicherungsnehmer auf, Unterlagen vorzulegen, aus denen sich zweifelsfrei ergäbe, dass er tatsächlich die Schellackplatten-Sammlung besessen habe.

Volland überlegte, ob er einen Anwalt mit der Durchsetzung seiner Ansprüche beauftragen sollte. Doch er entschloss sich, die Sache selbst in die Hand zu nehmen. Er schrieb einen an den Gruppenleiter persönlich adressierten Brief.

> Betreff: Ihr Zeichen scl 12 18765 E
>
> Sehr geehrter Herr Schultze!
>
> Zu dem Ihnen am 28. Dezember gemeldeten Schaden aufgrund eines bei mir erfolgten Einbruchs baten Sie mich, Beweise vorzulegen, dass ich die Schellackplatten auch wirklich besessen habe.
>
> Zum Nachweis füge ich Ihnen das DIN-A-5-Heft bei, in das ich seit Beginn meiner Sammlung im Jahre 1972 immer sofort jeden Titel mit dem entsprechenden Kaufdatum eingetragen habe. Die bei mir darüber hinaus vorhandenen Fotos von den Umschlaghüllen und von besuchten Flohmärkten habe ich als Anlage beigefügt.
>
> Ich hoffe, dass die Sache damit geklärt ist, und Sie mir den Schaden unverzüglich ersetzen. Meine Kontonummer finden Sie oben im Adressfeld.
>
> Mit freundlichem Gruß
>
> Frank Volland

Die Unterlagen hatte er per Einschreiben mit Rückschein an die Primasecura geschickt.

„Der hat wohl schlechte Erfahrungen mit Versicherern gemacht", meinte Carsten Schultze, Gruppenleiter in der Sachschadensabteilung, zu seinem Azubi, der ihm seit gut einem Monat zur Ausbildung zugeteilt worden war. „Zumindest den Rückschein hätte er sich sparen können."

„Naja, der wollte auf Nummer sicher gehen, die Kladde ist für ihn schon ziemlich wichtig. Eigentlich sein einziger Beweis, die Platten tatsächlich besessen zu haben. So ein paar Fotos vom Cover kann man ja leicht schießen."

Schultze blätterte in dem etwas vergilbten, zerfledderten Heft herum, das sehr alt zu sein schien. Die ersten Seiten waren herausgerissen.

„Sieht ziemlich überzeugend aus. Die Eintragungen sind immer mit unterschiedlichen Kugelschreibern erfolgt, mal rot, mal blau, mal schwarz. Hier sogar mal mit Grün. Da werden wir wohl blechen müssen. Sie könnten aber mal im Internet recherchieren, ob es alle Titel schon zum Zeitpunkt der notierten Kaufdaten gegeben hat."

„Super, mach ich gerne. Endlich mal was Spannendes!"

Noch am selben Tag bekam der Gruppenleiter das Ergebnis der Recherche: Alle Platten waren längst vor dem Zeitpunkt des Erwerbs erschienen. Sein Azubi hatte sich auch noch die Mühe gemacht, bei etlichen besonders wertvollen Platten die Preise zu vermerken, zu denen sie derzeit im Internet angeboten wurden. Danach schätzte Schultze den

Gesamtschaden überschlägig auf einen hohen vierstelligen Betrag.

Trotzdem blieben bei ihm Zweifel. Sein Instinkt, auf den er sich in seiner langjährigen Praxis schon häufig hatte verlassen können, sagte ihm, dass irgendetwas an der Geschichte faul war. Er setzte sich mit dem ermittelnden Kommissariat in Verbindung und beantragte über den Vertragsanwalt der Primasecura Akteneinsicht. Es ergaben sich keine neuen Aspekte für einen Betrug. Trotzdem rief er den Leiter des Einbruchsdezernats an.

„Ich habe das Gefühl, mit einer langen Stange im Nebel herumzustochern", meinte Schultze im Laufe des Telefonats. „Die Stange wird immer kürzer, der Nebel immer dichter!"

Terjung musste herzhaft lachen: „Das kenne ich nur zur Genüge. Aber ehrlich gesagt, es spricht alles dafür, dass da tatsächlich eingebrochen wurde. Sicherlich kannten eine Menge seiner Kumpel die Sammlung. Und vielleicht hat einer von denen die Gelegenheit beim Schopf gepackt. Wir haben deswegen auch mal unsere Informationsquellen angezapft und uns bei den stadtbekannten Hehlern umgesehen. Leider Fehlanzeige." Der Gruppenleiter resignierte. Er wollte sich gerade verabschieden, da fiel ihm noch eine Frage ein. „Kann die Kriminaltechnik eigentlich erkennen, zu welchem Zeitpunkt etwas geschrieben wurde?"

„Warum fragen Sie?"

„Weil diese Kladde von dem Versicherungsnehmer handschriftlich gefertigt wurde. Sie erinnern sich sicherlich, dass er alle Plattenkäufe mit Titel und Erwerbsdatum mit Kuli in dieses Heft eingetragen hat."

„Ja, ich erinnere mich", antwortete Terjung. „Alle mit Kugelschreiber?"

„Ja, weder Bleistift noch Füller."

„Dann ist da nichts zu machen. Das einzige was möglich wäre, ist ein Vergleich mit anderen Schriftstücken, um festzustellen, ob sich seine Schrift im Laufe der Jahre verändert hat. Wir hatten schon mal so was, aber trotz leichter Unterschiede in der Schrift hat das letztlich nichts gebracht."

„Warten Sie mal", Schultze hatte in der vor ihm liegenden Kladde geblättert, „es gibt ein paar Eintragungen aus den Achtzigern, die aussehen, als sei ein Kugelschreiber mit einer tintenähnlichen Mine verwendet worden."

Das ließ Terjung am anderen Ende der Leitung aufhorchen. „Dann schlage ich Ihnen vor, morgen Vormittag mal mit der Kladde zu uns zu kommen. Ich sag einem unserer Typen von der KTU Bescheid. Einverstanden?"

„Sehr einverstanden. Dann bis morgen."

Jens Hohlbein, der Mann von der Kriminaltechnik, bestätigte am nächsten Morgen, dass es tatsächlich Kugelschreiber dieser Art gab, und die Eintragung mit einem solchen erfolgt sein könnte. Die dann im Labor vorgenomme genauere Untersuchung mit speziellen Gerätschaften ergab, dass die entsprechenden Zeilen vor nicht allzu langer Zeit geschrieben worden sein mussten. Der eingegrenzte Zeitraum wurde im Bericht der KTU mit „drei bis zehn Monate" angegeben.

In den folgenden Wochen bekam Frank Volland gleich zweimal Post. Die Staatsanwaltschaft teilte ihm mit, dass sie gegen ihn ein Verfahren wegen Betrugs und Vortäuschung einer Straftat eingeleitet habe. Fast zeitgleich traf ein Schreiben der Primasecura ein, mit dem diese ihre Erstattungspflicht wegen nachweisbaren Versicherungsbetrugs ablehnte.

Der von Frank Volland beauftragte Rechtsanwalt reichte beim Landgericht Frankfurt gegen die Versicherungsgesellschaft Klage ein. Zugleich beantragte er für seinen Mandanten Prozesskostenhilfe, die bewilligt wurde. In der Klageerwiderung legte die Primasecura dar, dass die von der Klägerseite eingereichten Beweise gefälscht seien. Das von ihr nach der polizeilichen Ermittlung in Auftrag gegebene Sachverständigengutachten habe eindeutig nachgewiesen, dass die angeblich vom Kläger in den Achtziger Jahren vorgenommenen Eintragungen in dem DIN-A-5-Heft tatsächlich erst im Laufe des letzten Jahres erfolgt seien. Somit liege eine leistungsbefreiende Obliegenheitsverletzung vor. Der

Versicherer behalte sich im Übrigen vor, Anzeige wegen Betrugs zu erstatten.

In der mündlichen Verhandlung forderte der Klägervertreter die Erstellung eines Gegengutachtens. Der Vorsitzende Richter unterbrach die Sitzung und bat die beiden Anwälte zu einer Besprechung in sein Büro.

Als die Verhandlung fortgesetzt wurde, nahm der Rechtsanwalt im Namen seines Mandanten die Klage zurück.

Frank Volland ist wegen Betrugs und Vortäuschung einer Straftat zu einer neunmonatigen Haftstrafe verurteilt worden, die zur Bewährung ausgesetzt wurde.

FAHRBAHNWECHSEL

Ein ganz normales Paar. Beide Mitte dreißig. Sie ein knappes Jahr älter als er. Mit etwa 1,80 Meter war er nur wenige Zentimeter größer als sie. Er hatte kurz geschnittenes, dunkelblondes Haar, sie eine wallende schwarze Löwenmähne. Beide waren modisch gekleidet. Sie trug meistens etwas zu kurz geratene Röcke und enganliegende Pullover, ein Blickfang für die Männerwelt. Wer das Paar kannte, hielt sie zu Recht für die treibende Kraft.

Sven Fassberg hatte auf dem zweiten Bildungsweg zuerst sein Abitur nachgeholt und dann ein Ingenieurstudium absolviert. Seine Frau Maren war Betriebswirtin.

Seine erste Stelle in einem kleinen Essener Ingenieurbüro hatte er nach knapp zwei Jahren gekündigt. Seine Bewerbung bei der TÜV Rheinland Akademie GmbH in Aachen war erfolgreich. Inzwischen arbeitete er hier seit mehr als zwei Jahren. Er schien zufrieden mit dem bisher Erreichten.

Maren Fassberg war ehrgeizig. Ihr Vater war zeitlebens nicht über den Status eines Gruppenleiters bei einem Sachversicherer in Düsseldorf hinausgekommen. Sie wollte mehr. Bei der Ausschau nach einem für sie geeigneten Job nahm sie sich Zeit. Nach etlichen Bewerbungsgesprächen unterschrieb sie einen Arbeitsvertrag bei einem emporstrebenden Jungunternehmer, einem Finanzberater und

Versicherungsmakler in Stolberg. Sein Auftreten, seine selbstsichere Art, seine maßgeschneiderten Anzüge, sein Acht-Zylinder-BMW, sein mit edlen Hölzern ausgestattetes Büro, all das hatte sie überzeugt. Dieser Einstieg schien das richtige Sprungbrett zu sein für die von ihr geplante Karriere.

Doch es kam anders. Der Makler hatte im großen Stil fingierte Lebensversicherungsverträge bei diversen Versicherern eingereicht, die ersten Prämien selbst eingezahlt und horrende Abschlussprovisionen kassiert. Bevor er sich absetzen konnte, wurde er verhaftet.

Maren Fassbergs erste Begegnung mit Betrug. Dem Vermögensdelikt, das gesellschaftlich oft nur gering oder gar nicht geächtet, im Gegenteil, in manchen Varianten – z.B. bei der Steuerhinterziehung – verharmlosend gelegentlich als Kavaliersdelikt bezeichnet wird.

Ihren misslungenen Start ins Berufsleben verbuchte sie unter Lebenserfahrung. Hinfallen ist keine Schande. Wieder aufstehen das Motto.

Sie schrieb erneut Bewerbungen. Die Anzeige eines Allspartenversicherers in Aachen schien erfolgversprechend. Gesucht wurden junge Betriebswirtinnen und Betriebswirte mit bereits ersten Erfahrungen im Versicherungswesen für eine zweijährige Trainée-Ausbildung. Sie bewarb sich mit Erfolg. Gemeinsam mit drei männlichen Kollegen begann sie die Ausbildung.

Sie durchlief sämtliche vorgesehenen Fachbereiche. Unter anderem war sie auch für drei Monate in der Abteilung Kfz-Schaden. Zum zweiten Mal wurde sie hier mit Betrugsdelikten konfrontiert. In einer Mitarbeiterschulung, an der sie teilnahm, sah sie den vom Gesamtverband der Versicherer erstellten Schulungsfilm „Die Autobumser". Er handelte von fingierten Kfz-Unfällen professionell organisierter Banden.

Nach ihrer Trainée-Ausbildung bewarb sie sich hausintern für eine Referentenstelle in der Abteilung Außendienst. Aufgrund ihrer raschen Auffassungsgabe, ihres selbstbewussten Auftretens bei Präsentationen und der sehr guten Beurteilungen wurde sie in die Kartei für künftige Führungskräfte aufgenommen. Drei Monate später absolvierte sie erfolgreich das betriebsinterne Personalförderungs-Seminar. Sie gehörte zu den Kandidaten, denen sich kurz- bis mittelfristig die Chance bot, mit der Leitung einer Abteilung betraut zu werden.

Mit diesen Erfolgsaussichten im Visier beschloss das Paar, in Aachen ein bezugsfertiges Reihenhaus in der Lisztstraße zu erwerben. Aufgrund der zu diesem Zeitpunkt hohen Hypothekenzinsen wählten sie einen variablen Zins. Denn als Abteilungsleiterin hätte sie künftig Anspruch auf ein deutlich unter dem Marktniveau liegendes Arbeitgeber-Darlehen.

Wegen des relativ weiten Weges zum Büro wurde ein zweites Auto – ein Peugeot-Cabrio – angeschafft. Kreditfinanziert, wie auch die neue Küche.

Nach dem Einzug in das Reihenhaus waren die finanziellen Reserven nach kurzer Zeit aufgezehrt. Allein die Raten entsprachen etwa der Hälfte des monatlich verfügbaren gemeinsamen Einkommens. Die Ernennung zur Abteilungsleiterin ließ auf sich warten.

Zuerst war es von Maren Fassberg nur so daher gesagt.

„Sven, weißt du eigentlich, was man so bei Autounfällen verdienen kann?"

„Du meinst Schmerzensgeld, wenn man sich verletzt hat?"

„Nee, wenn man den Schaden nach einem Unfall über Gutachten abrechnet, aber gar nicht reparieren lässt."

„Und wo soll da der Gewinn liegen? Dann ist doch erst mal die Kiste im Eimer."

„Schon, aber das Auto kann man ja notdürftig reparieren lassen, und wenn es dann zu einem zweiten Unfall kommt, kann man praktisch noch einmal kassieren."

„Nun mach mal halblang, klarer Fall von Betrug! Und das sagst ausgerechnet du als Versicherungsangestellte."

„Das ist ja nicht auf meinem Mist gewachsen. Ich hab da mal in einer Schadenschulung so einen Film über eine Bande gesehen, die das profimäßig machte. Ich sag dir, Kohle ohne Ende!"

Die Diskussion ging noch bis in den späten Abend.

Zehn Tage danach hatte Sven Fassberg einen Verkehrsunfall. Auf einer zweispurigen, sich zu seiner Fahrbahn verjüngenden Straße war ihm ein etwa 75-jähriger Rentner eines Mercedes seitlich ins Auto gefahren. Die von Fassberg herbeigerufene Polizei nahm den Unfall auf, weil er über Kopfschmerzen klagte, also offensichtlich ein Personenschaden vorlag. Der andere Fahrer erhielt eine Verwarnung, obwohl er beteuerte, sein Unfallgegner habe zunächst die Geschwindigkeit verringert, so, als ob er ihn vorlassen wolle, und dann den Wagen stark beschleunigt.

Sven Fassberg bestritt diese Darstellung. Er beauftragte einen Sachverständigen und einen Rechtsanwalt mit der Schadenabwicklung. Beide kannte er gut durch seine berufliche Tätigkeit. Problemlos rechnete der Versicherer, bei dem seine Frau angestellt war, den Schaden auf Gutachten-Basis ab. Der Gesamtschaden zuzüglich der Anwaltskosten einschließlich eines geringen Schmerzensgeldes und eines merkantilen Minderwerts belief sich auf fast 9.000 EURO, da der Gutachter auch eine Stauchung des Chassis´ festgestellt hatte.

In den nächsten Jahren mehrten sich die Unfälle. Im Schnitt drei bis vier pro Jahr. Dann kam Kommissar Zufall ins Spiel. Der den Schadensfall abwickelnde Sachbearbeiter erinnerte sich an einen drei Jahre zurückliegenden Kfz-Unfall, den er ebenfalls bearbeitet hatte. Er nahm Einsicht in die elektronische Akte und stellte die fast 100-prozentige Übereinstimmung mit dem aktuellen Fall fest. Er wandte sich an den GDV mit der Bitte, seine Anfrage an die Verbandsmitglieder weiterzuleiten.

Erstaunliches trat zu Tage: Bisher waren 23 Verkehrsunfälle gleichen Musters mit Sven Fassberg als Fahrer aktenkundig. Insgesamt hatte er vier Gutachter, sechs Rechtsanwälte und fünf Autowerkstätten – immer in unterschiedlicher Zusammensetzung – mit der Abwicklung der Schadenfälle beauftragt. Versichert waren die in den vergangenen viereinhalb Jahren benutzten sechs Fahrzeuge bei zehn verschiedenen Versicherern. Versicherungsnehmer waren entweder Sven Fassberg oder seine Frau.

In dem folgenden Zivilrechtsstreit klagte der Versicherer – zugleich Arbeitgeber von Maren Fassberg – auf Rückzahlung zu unrecht empfangener Leistungen. In der Widerklage des Beklagten forderte dieser Zahlung aus dem aktuellen Verkehrsunfall.

Außerdem erstattete der Versicherer gegen das Ehepaar Anzeige wegen fortgesetzten gemeinschaftlichen Betrugs.

Maren Fassberg wurde fristlos gekündigt in Form einer so genannten Verdachtskündigung. Denn ihre Tatbeteiligung schien offensichtlich, zumal sie in den von ihr beantragten sechs Kfz-Versicherungsverträgen ihren Nachnamen (ihr Geburtsname war

Petersen) in vier Versionen angab – Fassberg, Fassberg-Petersen, Faßberg, Faßberg-Petersen – und auch entsprechend unterschrieb.

Die unterschiedliche Schreibweise ihres Namens begründete sie damit, dass in der Geburtsurkunde ihres Mannes „Fassberg" und in seinem Personalausweis „Faßberg" eingetragen wurde. Entsprechende Kopien dieser Dokumente waren dem Gericht im Laufe des Verfahrens vorgelegt worden.

Auch alle von der Klägerin dargelegten sonstigen Indizien für das Vorliegen fortgesetzten Versicherungsbetrugs genügten der Zivilkammer des Landgerichts Aachen nicht, um der Klage stattzugeben.

Im Urteil hieß es wörtlich „ ... liegt es nicht außerhalb jeder Wahrscheinlichkeit, dass ein Versicherungsnehmer im Laufe von mehr als vier Jahren in 23 derartige gleichgelagerte Verkehrsunfälle verwickelt ist."

Auch mit der erhobenen Widerklage hatten die Beklagten Erfolg.

Die Berufungsinstanz bestätigte die Entscheidung des Landgerichts. Nach dem abgeschlossenen Zivilprozess stellte die Staatsanwaltschaft das zunächst ausgesetzte Betrugsverfahren gegen das Ehepaar ein.

Im von Maren Fassberg angestrengten Arbeitsgerichtsprozess erhielt sie eine Abfindung in Höhe von 8.000 Euro wegen Verlusts des Arbeitsplatzes.

FREUNDSCHAFT

Das Geld hatte nie gereicht, um sich einen flotten Sportwagen zu kaufen. Immer fuhr er nur so alte Möhren, mit denen man bei den Mädels keinen Staat machen konnte. Mit Mühe hatte er das Geld zusammengekratzt, um wenigstens die Prämie für die Haftpflicht zahlen zu können.

Da plötzlich meinte das Schicksal es gut mit ihm. Seine Großmutter war gestorben. Sie hatte ihrem Enkel Thomas Hünninghaus 15.000 Euro vermacht, die waren ihm nach Klärung der Formalitäten bar ausgezahlt worden. Eigentlich hätte er erst einmal sein überzogenes Girokonto ausgleichen müssen. Aber die roten Zahlen konnten warten. Er hatte sich inzwischen an sie gewöhnt.

Schon in der darauffolgenden Woche suchte er einen Gebrauchtwagenhändler auf. Der neue Flitzer, schon etliche Jahre alt, aber in gutem Zustand, verschlang fast seine ganze Barschaft. Noch am selben Abend fuhr er in die Disco am Stadtrand von Krefeld. Er prahlte mit seiner neuen Errungenschaft. Caro, die ihn sonst immer hatte abblitzen lassen, ließ sich zu einer Spritztour überreden.

Trotz des Nieselregens drückte er ordentlich auf die Tube. Er wollte ihr imponieren. In einer langgezogenen Linkskurve verlor er die Gewalt über sein Fahrzeug. Das Auto überschlug sich mehrmals. Wirtschaftlich lag ein Totalschaden vor. Thomas hatte Glück im Unglück, blieb bis auf eine leichte

Gehirnerschütterung, einer angebrochenen Rippe und einigen Prellungen unverletzt. Caro brach sich das rechte Handgelenk, hatte eine mittelschweres Schädelhirntrauma, eine Kopfplatzwunde und ein paar geringe Blessuren. Beide wurden vom herbeigerufenen Notarztwagen in das nächstgelegene Krankenhaus eingeliefert. Er wurde gegen Mittag des nächsten Tages nach der Arztvisite entlassen, sie musste weitere Untersuchungen über sich ergehen lassen und noch sechs Tage im Krankenhaus bleiben.

„Und jetzt?", fragte Marco Bandero, mit dem Thomas Hünninghaus zusammen die Realschule Volksgarten in Mönchengladbach besucht hatte, seinen langjährigen Freund, der geistesabwesend wirkte. In sich gekehrt saß er vor ihm und bekam keinen Ton heraus.

Thomas zuckte mit den Schultern. Nach der Entlassung aus dem Krankenhaus war er völlig ratlos gewesen. Er wusste nicht, was zu tun sei und war deshalb direkt zu Marco in dessen Versicherungsbüro geeilt.

„Jetzt soll ich für dich wieder die Kohlen aus dem Feuer holen", sagte er schroff. „Mensch, Toto", er nannte ihn bei seinem Spitznamen, „das weiß doch jedes Kind, dass du für so eine teure Karre eine Kaskoversicherung abschließen musst. Und zwar … bevor du dich ans Steuer setzt. Capito? Mal ganz abgesehen davon, dass du die Flocken auch anders hättest investieren können. Du bist doch ständig blank. Schon mal daran gedacht?"

„Und da ist gar nichts zu machen?", fragte Thomas mit weinerlicher Stimme seinen um ein Jahr älteren Freund.

„Hättest mich vielleicht mal vorher fragen sollen."

„Wollte ich ja, aber du warst gerade nicht in deinem Büro."

„Schon mal gehört, dass man auf so einen Anrufbeantworter auch sprechen kann?"

Sein Gegenüber sackte noch mehr in sich zusammen. „Die Doppelkarte für die Haftpflicht hatte ich ja in meinen Unterlagen, damit der Händler mir nicht wieder irgendeine andere Versicherung andreht."

„Ja, ja, wie beim letzten Mal", fiel Marco ihm ins Wort. „Also soweit hast du schon mitgedacht, aber für mehr hat´s leider nicht gereicht, du Vollpfosten!"

„Das sehe ich ja alles ein, war nicht so klug von mir."

„Da sprichst du ein wahres Wort gelassen aus."

„Und du kannst da wirklich nicht irgendwas drehen?"

„Du meinst, ich soll meinen Arbeitgeber bescheißen?"

Thomas antwortete nicht. Beide schwiegen eine Weile. Marco zog ein Formular aus der Schreibtischschublade. „Hör mal zu, mein Freund. Das ist das letzte Mal, dass ich dir aus der Patsche helfe. Hast du mich verstanden?" Thomas nickte.

„Unterschreib mal hier den Antrag, wo ich das Kreuz gemacht habe. Alles andere erledige ich dann.

Wann war der Unfall?"

„Vorgestern Abend kurz vor Mitternacht", antwortete Thomas kleinlaut.

„Wann hast du die Karre gekauft?"

„Am selben Tag, vorgestern Mittag."

„Dann bist du gleich zur Zulassungsstelle gefahren?"

„Hm, ich hatte ja die Doppelkarte bei meinen Unterlagen."

„Was ist mit den Schildern?"

„Ich brauchte neue, weil der Wagen abgemeldet war. Die habe ich gleich nebenan bei so einem Schilderfritzen machen lassen."

Marco trug das Datum, an dem der Unfall passiert war, in den Antrag auf Abschluss einer Kfz-Haftpflichtversicherung mit Einschluss einer Vollkaskoversicherung mit 300 Euro Selbstbehalt ein. Den Antrag steckte er in einen an die Hauptverwaltung adressierten Freiumschlag.

„Den werfe ich jetzt gleich bei der Hauptpost in den Briefkasten, damit er möglichst schnell in der Vertragsabteilung landet."

„Aber dann merken die doch, dass ich den Antrag erst nach dem Unfall unterschrieben habe?", meinte Thomas.

„Natürlich merken die das, aber mein Fax hatte eben leider gerade seinen Geist aufgegeben, sodass ich den Antrag nicht wie sonst zur Hauptverwaltung faxen konnte", meinte Marco und zwinkerte vielsagend mit dem Auge. „Ich habe da einen Trick, wie man so einen Schaden am Gerät vortäuschen kann. Das erledige ich gleich und dann ruf ich den vom Service an, dass er das Ding wieder ans Laufen bringt."

„Aber die können doch am Poststempel erkennen, wann du den Brief abgeschickt hast ..."

„Stimmt, aber nur, wenn auch der Briefumschlag am Antrag hängt. In der Praxis knallen die bei der Postverteilung nur den Eingangsstempel auf den Antrag. Und dass der Brief so lange auf dem Postweg war, dafür kann ich schließlich nichts."

„Ganz schön link! Klingt, als ob du das schon öfter gemacht hast."

Marco antwortete nicht. Er hatte sich schon dem Faxgerät zugewandt und fummelte an der Mechanik herum. „So, erledigt, jetzt noch schnell den Service angerufen und dann geht's ab zur Post. Nachher brauche ich von dir noch ein paar Daten, damit ich morgen die Unfallmeldung an die Alerta schicken kann."

Wie in solchen Fällen üblich, schaltete Knut Mackensen, Leiter der Kfz-Schadenabteilung, die Revision ein, nachdem einer seiner Sachbearbeiter bemerkt hatte, dass der Versicherungsantrag erst nach dem inzwischen gemeldeten Unfall per Post im Schadenbereich eingegangen war.

Marco Bandero wurde aufgefordert, in die Hauptverwaltung der Alerta-AG zu kommen, um die

Angelegenheit zu klären. Wegen des bestehenden Betrugsverdachts nahmen außer dem Abteilungsleiter Schaden noch der Revisor Michael Stutz und der Vertriebsdirektor Jens Hillmann an der Besprechung teil.

„Üblicherweise faxen Sie ja die Anträge, bevor Sie sie per Post versenden, an die Hauptverwaltung. Warum dieses Mal nicht?", begann Mackensen die Befragung.

„Mein Faxgerät war defekt."

„So, so, das Fax war defekt. So ein Pech aber auch. Und das sollen wir Ihnen glauben?", schaltete sich der Revisor ein. „Ausgerechnet an dem Tag, an dem dann der Versicherungsnehmer seinen Wagen zu Schrott gefahren hat. Merkwürdiger Zufall!"

„Solche Zufälle gibt's eben", antwortete Bandero schnippisch. „Wenn Sie mir nicht glauben, kann ich ihnen beweisen, dass alles so gelaufen ist, wie ich es geschildert habe. Sehen Sie hier. Das ist der Arbeitsnachweis vom Servicemann von Canon." Er reichte das Schriftstück über den Tisch.

„Wie erklären Sie sich, dass der Antrag dann drei Tage auf dem Postweg war?", meldete sich nun der Schadenchef zu Wort. „Hier sehen Sie selbst, der Eingangsstempel beweist, dass der Antrag bei uns erst am 17. März eingegangen ist.

„Also, wenn die Post hier offensichtlich geschlampt hat, dann ist das doch wohl kaum meine Schuld."

„In der Regel braucht die Post nur einen Tag von Ihrem Büro bis zu uns in die Hauptverwaltung, ganz selten mal zwei Tage, wenn Sie die Post erst abends eingeworfen haben. Wir haben das geprüft. Aber niemals drei Tage."

„Sie sagen ja selbst in der Regel. Hier handelte es sich eben um die berühmte Ausnahme." Bandero blieb bei seiner Strategie des selbstbewussten Auftretens. Er wusste, die ihm gegenüber sitzenden Herren konnten nur Indizien für eine Manipulation der Geschehensabläufe ins Feld führen, Beweise hatten sie keine.

Die Alerta-AG beglich den entstandenen Totalschaden in voller Höhe und übernahm die ersatzpflichtigen Arzt- und Krankenhauskosten. Die Thomas Hünninghaus entnommene Blutprobe hatte lediglich eine Blutalkoholkonzentration von 0,2 Promille ergeben, ein Regress gegenüber dem Versicherungsnehmer war also ausgeschlossen.

Die interne Ermittlung gegenüber Marco Bandero führte zu keinem Manipulationsnachweis. Da ein vergleichbarer, erst knapp ein Jahr zurückliegender Fall in seiner Personalakte vermerkt war, trennte man sich im gegenseitigen Einvernehmen von ihm. Eine Meldung an den Verband erfolgte nicht, da lediglich Betrugsverdacht vorgelegen hatte.

Inzwischen ist Marco Bandero seit etwas mehr als drei Jahren für eine andere Versicherungsgesellschaft tätig.

BENZINKANISTER

Maximilian Kronberger, der Inhaber des Sportgeschäfts Clubberer in der Nürnberger Innenstadt, profitierte als ehemaliger Stürmerstar des 1. FC Nürnberg zu Beginn seiner Unternehmertätigkeit vor allem von seinem Bekanntheitsgrad. Wer einen Sportartikel benötigte, den führte sein erster Weg wie selbstverständlich zu Max, wie ihn seine Fans in Erinnerung an die Fußballlegende Max Morlock und den Meistertrainer Max Merkel liebevoll nannten. Das Geschäft lief so gut, dass er schon nach einem Jahr die Ladenfläche durch Hinzunahme des angrenzenden Lagers fast verdoppeln konnte. Da der Vermieter Alois Wackernagel an dem Boom mitverdienen wollte, stiegen die Mietkosten drastisch. Aber das konnte Maximilian Kronberger aufgrund des florierenden Sportgeschäfts gut verkraften.

Doch Ruhm ist vergänglich. Das war jedoch nicht Kronbergers einziges Problem. Zu schaffen machte ihm vor allem die Konkurrenz. Immer häufiger musste er erkennen, dass Kunden zu ihm kamen, sich ausführlich beraten ließen und dann in einer nicht weit entfernten Filiale einer Sportkette den entsprechenden Artikel kauften. Zu einem deutlich günstigeren Preis, weil die dort tätigen Angestellten nur einen Bruchteil von dem verdienten, was er seinem fachlich geschulten Personal an Gehalt zahlte. Das zweite Problem war der stets wachsende Markt des Onlinegeschäfts. Die Sportkleidung musste nicht mehr im Laden anprobiert werden. Sie wurde online geordert und kostenfrei per Post zurückgeschickt, wenn die Größe nicht stimmte oder der Artikel nicht gefiel.

Die finanzielle Schieflage, in die Kronberger mit seinem Sportgeschäft geriet, wurde von Monat zu Monat bedrohlicher. Hinzu kam, dass die Unterhaltszahlungen für seine inzwischen von ihm geschiedene Frau und die drei gemeinsamen Kinder sogar schon einen erheblichen Teil seiner Ersparnisse aufgezehrt hatten. Seine fünfzehn Jahre jüngere zweite Frau stand ihm zwar bei, wusste aber auch nicht, wie es weitergehen sollte.

Seine Schulden wuchsen von Monat zu Monat. Schließlich konnte er die Forderungen seiner Lieferanten nicht mehr begleichen. Er war zahlungsunfähig und sah sich daher gezwungen, Insolvenz anzumelden.

Dem eingesetzten Insolvenzverwalter gelang es, mit dem Vermieter der Geschäftsräume einen Vergleich auszuhandeln, nämlich dass dieser sich bereit erklärte, auf einen Teil der ausstehenden Mietzahlungen zu verzichten. Das war allerdings von Alois Wackernagel nur von Vorteil. Denn ihm war bewusst, dass er aus dem Insolvenzverfahren möglicherweise eine sehr geringe Quote erhalten oder sogar völlig leer ausgehen könnte. Außerdem hatte er mit Gregor Polaschek schon einen Interessenten an der Hand, der in dieser sehr guten Lage in Nürnbergs Innenstadt ein österreichisches Spezialitätenrestaurant namens Nockerl eröffnen wollte. Er war bereits Inhaber einer solchen Lokalität in Salzburg.

Der Umbau des Sportgeschäfts nahm statt der geplanten knapp drei Monate aufgrund von Lieferengpässen über ein halbes Jahr in Anspruch. Entsprechend verschob sich der Eröffnungstermin von Anfang Februar auf Mitte Juni. Ein Großteil der Gewinne, die Polaschek in Salzburg in den letzten beiden Jahren verbuchen konnte, musste er für die nicht einkalkulierten Mehrkosten vom Umbau in Nürnberg aufwenden.

Aber es kam noch schlimmer. In Österreich gingen aufgrund der sich ausbreitenden Corona-Epedemie die Gewinne in seinem Restaurant deutlich zurück. Die Situation in Nürnberg war vergleichbar. Statt eines guten Starts zu Beginn des Sommers besuchten nur wenige Gäste den neuen Gourmettempel, wie die Presse wohlwollend vor der Eröffnung geschrieben hatte. Auch hier war es die Angst der Kunden vor Corona, die sie zuhause bleiben ließ. Wenn sie überhaupt auswärts essen gehen wollten, suchten sie meistens eines der zahlreichen im näheren Umkreis von Nürnberg gelegenen Restaurants auf. Denn bei fast allen bestand die Möglichkeit, draußen auf der Terrasse zu speisen. In der frischen Luft hatten die Gäste weniger Furcht, sich anzustecken.

Polaschek begann, sich nachts im Bett hin und her zu wälzen, immer mit der Frage beschäftigt, wie das heraufziehende Unheil abzuwenden sei.

Für den Umbau und das teure Mobiliar hatte er einen sechsstelligen Bankkredit aufgenommen, den er in hohen monatlichen Raten zu tilgen hatte. Die Summe der Gehälter für sein gut geschultes Personal war mindestens ebenso groß wie der Betrag, der von den Einnahmen nach Abzug der sonstigen laufenden Kosten am Monatsende übrig blieb.

Nach einer erneut schlaflosen Nacht von Sonntag auf Montag, dem Ruhetag im Nockerl, setzte er sich in seinem kleinen gemieteten Apartment an seinen Schreibtisch. Er öffnete den daneben stehenden Rollcontainer und griff nach dem Ordner, in dem die Versicherungsunterlagen abgeheftet waren.

Beim hastig eingenommenen Frühstück hatte er sich entschlossen, sein erst seit einigen Wochen fertiggestelltes Restaurant in Brand zu setzen. Es schien ihm die einzige Möglichkeit zu sein, um finanziell mit einem blauen Auge davonzukommen. Nun galt es, alle notwendigen Schritte vorzubereiten, nichts zu übersehen und vor allem keine Fehler zu begehen.

Als umsichtiger Geschäftsmann hatte Polaschek in der Zeit des Umbaus schon vorsorglich bei einem Makler die erforderlichen Versicherungen abgeschlossen. Die Auswahl hatte er ihm überlassen und sämtliche ihm vorgelegten Anträge unterschrieben.

Jetzt nahm er sich die Zeit, die seitenlangen Bedingungen gründlich durchzulesen. Beruhigt stellte er fest, dass das teure Inventar im Falle eines Brandschadens gegen Neuwert versichert war. Auch an die für sein Vorhaben besonders wichtige Betriebsunterbrechungsversicherung hatte der Makler gedacht.

Als erstes fertigte Polaschek eine To-Do-Liste, die sämtliche erforderlichen Vorbereitungen enthielt: Kinokarte vor der Tat kaufen, um ein Alibi zu haben, Kanister in verschiedenen Baumärkten besorgen, Benzin einfüllen an mehreren Tankstellen, Molotowcocktail herstellen, Zeitpunkt der Brandstiftung festlegen.

Mehrmals las er sich die Notizen durch. Lediglich hinter dem Punkt Kinokarte ergänzte er noch den Vermerk „Mit 500-Euro-Schein an der Kasse bezahlen". „Ja, ich habe an alles gedacht", sagte er zu sich selbst. „Kaum jemand wird eine einzelne Kinokarte mit einem so großen Geldschein bezahlen. Und wenn die Kassiererin sich weigert, zahle ich eben mit meiner Girokarte. Aber sie wird sich so oder so mit Sicherheit an mich erinnern."

Da Polaschek heute am Ruhetag nicht zu einer bestimmten Zeit in seinem Restaurant sein musste, fuhr er mit seinem Wagen zu vier verschiedenen Baumärkten. Er kaufte jeweils einen 5-Liter-Kanister. Das war unauffälliger als später beim Betanken einen größeren Kanister zu verwenden.

Anschließend fuhr er zu vier im Außenbezirk von Nürnberg gelegenen Tankstellen, wo er jeweils für knapp 20 Euro das Auto betankte und zusätzlich einen der erworbenen Kanister füllte.

Wieder zuhause öffnete er seinen Rechner und informierte sich, wie man einen Molotowcocktail herstellen konnte. Die dafür erforderlichen Utensilien waren überschaubar. Was ihm fehlte, besorgte er sich am Nachmittag.

Bei seinen Einkäufen war ihm noch eingefallen, dass er sich für die sicherlich stattfindende Befragung durch die Polizei oder das für Brandstiftung zuständige Kommissariat den Film auf jeden Fall vor dem Tattag ansehen musste. So beschloss er, sich am Abend Porträt einer jungen Frau in Flammen im Multiplexkino CINECITTA anzuschauen.

Den Brand wollte er am kommenden Montag legen, denn der Ruhetag schien ihm am geeignetsten. Denn schließlich musste er vor der Brandstiftung auch noch das Toilettenfenster aufhebeln, um das Eindringen des Täters in das Restaurant vorzutäuschen.

In den nächsten Tagen war Polaschek erstaunlich entspannt. Er schien alles im Griff zu haben. Gedanklich hatte er den Ablauf am Tattag mehrfach durchgespielt. Nichts konnte schiefgehen. Der Molotowcocktail war präpariert. Ihn und die erforderlichen Werkzeuge für den vermeintlichen Einbruch hatte er in seinem Diplomatenkoffer verstaut und zusammen mit den gefüllten Kanistern soeben, nachdem seine Mitarbeiter das Restaurant verlassen hatte, in seinem Büro gelagert. Morgen war der große Tag!

In dieser Nacht fand Polaschek keine Ruhe. Die Sache nahm ihn doch stärker mit, als er geglaubt hatte. Ziemlich gerädert stand er am frühen Morgen auf, trank einen starken Kaffee und wusste gar nicht, was er den ganzen Tag über tun sollte. Die Stunden des Wartens schlichen dahin.

Immer wieder lief der Film „Porträt einer jungen Frau in Flammen", den er Anfang der Woche gesehen hatte, vor seinem geistigen Auge ab. Das im 18. Jahrhundert spielende Drama von Céline Sciammas beschäftigte ihn sehr.

Er wischte die Gedanken beiseite und machte sich fertig, um zum CINECITTA zu fahren. Da es dort mehrere Kassen gab, musste er nicht befürchten, dort dieselbe Frau wie vor einer Woche anzutreffen.

Eine Viertelstunde vor Beginn der Abendvorstellung war er im Kino. Vorsichtshalber blickte er unauffällig in die verschiedenen Boxen und stellte fest, dass die Verkäuferin vom letzten Montag nicht da war. Er reihte sich in die Schlange der Besucher ein, nannte den Film und bat um ein Ticket. Dann zückte er sein Portemonnaie und reichte der Kassiererin den 500-Euro-Schein.

„Das ist jetzt nicht Ihr Ernst", empörte sie sich. „Sie kaufen ein Ticket und wollen mit einem 500-er bezahlen. Wo gibt's denn sowas!"

„Also hören Sie mal. Ihr Kino ist das größte in Nürnberg und Sie sind nicht in der Lage, mir einen 500-Euro-Schein zu wechseln."

„Exakt, beim besten Willen nicht!"

„Ich werde mich beschweren. Da können Sie Gift drauf nehmen."

„So, jetzt reicht's. Sie halten den ganzen Betrieb auf. Entweder Sie bezahlen jetzt mit einem kleineren Schein oder mit Karte. Und wenn Ihnen das nicht möglich ist, bekommen Sie auch kein Ticket von mir."

„Okay, dann geben Sie schon her. Zahle ich eben mit Karte", sagte er mit gespielt schlechter Laune und reichte ihr seine Girokarte.

Die Leute hinter ihm in der Reihe, die den Disput mitbekommen hatten, schüttelten den Kopf.

Umso besser, dachte Polaschek, da wird sich der eine oder andere bestimmt an mich erinnern, falls ich einen Zeugen brauche.

Anschließend hielt er sich noch ein paar Minuten in dem immer voller werdenden Vorraum auf, schlenderte scheinbar interessiert an den Plakaten mit den Ankündigungen für künftig erscheinende Filme vorbei und verließ dann das Multiplexkino. Er parkte sein Auto in einiger Entfernung vom Nockerl in einer kleinen Nebenstraße.

Ein paar Meter von seinem Restaurant entfernt wartete er etwa eine Minute in einem Hauseingang. Als er niemanden mehr in unmittelbarer Nähe bemerkte, ging er zügig zur Eingangstür und schloss sie auf. Innen das Licht zu betätigen, vermied er. Schon am Vorabend hatte er ohnehin alle Vorhänge geschlossen.

Den Brand wollte er an mehreren Stellen entfachen. Ausgesucht hatte er sich dafür sein Büro, die Küche und zwei im hinteren Bereich liegende Räume für jeweils etwa ein Dutzend Gäste.

Zunächst hebelte er mit einem Kuhfuß ein Toilettenfenster auf, das vom Hof aus nicht eingesehen werden konnte. Anschließend verteilte er den Inhalt der Benzinkanister so, dass ihm ein Fluchtweg zur Hintertür blieb, die er nach dem Entfachen des Brandes wieder verschließen würde. Dann nahm er den in einem Regal deponierten Molotowcocktail in die linke Hand und entzündete den nur leicht mit Benzin getränkten oberen Teil des Stofffetzens. Als er die Flasche in den Eingangsbereich des hinten gelegenen Raumes werfen wollte, stolperte er aufgrund der schlechten Beleuchtung über seinen Diplomatenkoffer. Das Benzin hatte sich inzwischen wegen des leichten Gefälles im Parkettboden auch auf die Fläche unmittelbar vor ihm ausgebreitet. Als Polaschek stürzte, zerbrach das Glas des Molotowcocktails. Die riesige Stichflamme erfasste ihn. Von dem, was da geschah, völlig geschockt ergriff er nicht sofort die Flucht in Richtung Hinterausgang. Da er in eine Benzinlache gefallen war, erfassten die Flammen sofort auch seine Hose, seinen Pullover und die nicht bedeckten Körperflächen. Panisch floh er schließlich lichterloh brennend nach draußen. Er schrie – von Schmerzen geplagt – ohrenbetäubend und wälzte sich im Garagenhof mit letzter Kraft in einer Regenpfütze.

Die von Nachbarn per Handy alarmierten Rettungswagen waren fast zeitgleich mit mehreren Feuerwehrautos und etlichen Polizeifahrzeugen eingetroffen.

Polaschek wurde noch am Tatort erstversorgt und im Anschluss sofort mit einem Hubschrauber in das Klinikum Nürnberg Süd, ein Zentrum für Schwerbrandverletzte, geflogen.

Die für das Ermittlungsverfahren zuständigen Kommissariate waren in enger Zusammenarbeit mit der Staatsanwaltschaft in den kommenden Wochen mit der Beweissicherung hinsichtlich der offensichtlich begangenen vorsätzlichen Brandstiftung beschäftigt.

Bei allen Beteiligten gab es keinerlei Zweifel, dass Polaschek, der schwerstverletzte Inhaber des Restaurants, der Täter der Brandstiftung war. Dennoch galt es, auch wegen eventueller Mittäterschaft Dritter, sofort die Beweise zu sichern.

Während das K 33 sofort am nächsten Tag mit den kriminaltechnischen Untersuchungen am Tatort begann, wurde im Klinikum Nürnberg Süd die für die weitere Behandlung des Patienten zunächst erforderlich Schweregradeinschätzung durchgeführt. Zu deren Feststellung wandte der behandelnde Arzt, Prof. Dr. Olaf Sassen, die inzwischen weltweit praktizierte Methode des schottischen Chirurgen Wallace an: Beträgt bei einem Erwachsenen der Schweregrad

der Verbrennung der gesamten Körperoberfläche 7,5 % oder mehr wird sie als lebensgefährlich eingestuft.
Der Oberstaatsanwalt Dr. Harald Zirner setzte alle Hebel in Bewegung, um möglichst bald von Prof. Sassen einen Termin für die Vernehmung von Gregor Polaschek zu bekommen. Dieser weigerte sich jedoch, ein verbindliches Datum zu nennen und wies auf die lebensgefährliche Verletzung seines Patienten hin. Es sei fraglich, ob er überhaupt eine Chance habe zu überleben.

Dr. Zirner hielt diese Aussage für nicht glaubhaft. Er vermutete, dass Prof. Sassen ihm gegenüber nur seine Machtposition als Leiter des Zentrums für Schwerbrandverletzte ausspielen wollte.

So entschloss sich der Oberstaatsanwalt, formal das Verfahren gegen Polaschek zu eröffnen, ohne ihn zuvor vernommen zu haben.

Während der nächsten zehn Tage herrschte Funkstille zwischen Staatsanwaltschaft und dem Klinikum. Dr. Zirner startete einen neuen Versuch für eine Terminabsprache.
Als die telefonische Verbindung zur Klinik hergestellt worden war, teilte Prof. Sassen ihm mit, dass Polaschek am frühen Morgen verstorben sei.

Seitens der Staatsanwaltschaft wurde daraufhin - ohne weitere Nachforschungen anzustellen - wenige Tage später das Verfahren eingestellt, weil der Hauptverdächtige inzwischen gestorben war und sich nach Aktenlage keine Anzeichen für eine Tatbeteiligung Dritter ergeben hatten.

UNTERSCHRIFTEN

In zentraler Lage in Ravensburg unterhielt Rainer Metzlaff das Entrez, ein gutgehendes Bistro. Vor allem Jugendliche hatten es in letzter Zeit zu einem beliebten Treffpunkt werden lassen. Anfangs hatte das Lokal noch unter besonderer Beobachtung der Drogenfahnder gestanden, weil Metzlaff in der von ihm zuvor betriebenen Diskothek zweimal im Verdacht stand, mit Designerdrogen gehandelt zu haben. Jedoch in keinem der Fälle reichten die Beweise gegen ihn aus, sodass er in beiden Strafverfahren freigesprochen worden war.

Routinemäßig hatten seit der vor einem Jahr erfolgten Eröffnung des Bistros zwei Razzien stattgefunden. Doch es gab nicht einen einzigen Drogenfund, auch nicht bei den Gästen.

Endlich schien es bei Metzlaff wieder aufwärts zu gehen. Die von ihm begangenen Betrügereien – unter anderem Verkauf von gefälschten Louis Vuitton Handtaschen – waren längst Geschichte. Den Strafbefehl hatte er damals auf Anraten seines Rechtsanwaltes akzeptiert. Es war ihm eine Lehre gewesen. Die bestehende Verbindung zur Türkei hatte er sofort abgebrochen. Zwar versuchten die Vermittler noch mehrfach, ihn zu bewegen, wieder für sie tätig zu werden, doch er blieb standhaft. Nach knapp einem Jahr riss die Verbindung dann endgültig ab.

Voller Optimismus blickte Metzlaff in die Zukunft. Aber als gönne das Schicksal ihm sein Glück nicht, plagten ihn seit Wochen starke Kopfschmerzen. Seine Befürchtung, es könnte sich bei ihm um einen Tumor handeln, hatte sich nicht bestätigt. Ein von seinem Hausarzt angeregtes MRT, dem er sich in einer Gemeinschaftspraxis für Radiologie und Nuklearmedizin in Ravensburg unterzog, wies keinerlei Anzeichen auf. Ohne Befund war das für ihn zunächst beruhigende – seinem Hausarzt mitgeteilte – Ergebnis der Untersuchung.

Doch die Kopfschmerzen wollten nicht weichen. Im Internet forschte er intensiv nach ärztlich empfohlenen Behandlungsmethoden, griff nach jedem Strohhalm, der sich ihm bot. Sobald eine Talkshow sich dem Thema Kopfschmerzen widmete, fieberte er der Sendung entgegen. Die Kolumne Visite ließ er sich nie entgehen. Auch mit diversen Schmerztherapeuten korrespondierte er.

Kurz bevor er schließlich den Entschluss gefasst hatte, das Schmerzzentrum in Wangen aufzusuchen, sah er eine Talkshow im Fernsehen, die sich mit der Chinesischen Medizin, kurz unter dem Namen TCM bekannt, beschäftigte. In diesem Zusammenhang wurde auf die Behandlung durch Akupunktur hingewiesen, durch die beachtliche Erfolge bei Schmerzpatienten erzielt worden seien.

Mit Eifer widmete er sich nun dem Thema TCM. Er verschlang sämtliche Artikel in der medizinischen Fachliteratur, die sich mit der Schmerztherapie im

Allgemeinen und mit der Behandlung von Kopfschmerz-Patienten im Besonderen beschäftigten. Schließlich stieß er mehrfach auf den Namen einer Heilpraktikerin in Ravensburg: Magda Maria Mahlsen. In vielen Berichten im Fernsehen und in zahlreichen Zeitungsartikeln waren ihre Behandlungsmethoden gepriesen worden. Schon bald hatte sich bei der Journaille für sie das Kürzel MMM durchgesetzt. Besonderes Interesse bei der Berichterstattung galt auch ihrem Umfeld. Im Gegensatz zu vielen anderen Praxen von Heilpraktikern, die im öffentlichen Fokus standen, hatte sie weder eine Sekretärin noch eine Assistentin. Sie schrieb ihre Rechnungen selbst und kümmerte sich um die Terminhaltung und die Materialbestellung. Nach wie vor dachte sie nicht daran, ihre Praxis in der Schützenstraße zu erweitern. Der Besprechungsraum war nur gut zehn Quadratmeter groß. Ebenso das schräg gegenüber liegende Behandlungszimmer auf der anderen Seite des schmalen Flurs. Dort befand sich eine in der Höhe verstellbare Massagebank, die auch für die Akupunktur der Patienten genutzt wurde. Einen Umkleideraum gab es nicht, nur eine winzige Toilette und einen kleinen Warteraum.

Bei der Heilpraktikerin einen zeitnahen Termin zu bekommen, war jedoch unmöglich. Vielleicht in zwei, drei Monaten war die Antwort von MMM, die er telefonisch mehrfach kontaktiert hatte. Immerhin war es ihm gelungen, ihr das Versprechen abzuringen, ihn zu benachrichtigen, sobald sie einen Termin für ihn hätte.

„Eventuell muss ein Patient von mir für längere Zeit in eine Klinik", meinte sie. Und es klang in Metzlaffs Ohren, als ob sie das selbst nicht für sehr wahrscheinlich hielt.

„Ja, vielleicht", antwortete er resignierend. Bei sich dachte er, wenn sie eine Sekretärin oder Assistentin hätte, wie das in gut florierenden Praxen üblich ist, könnte sie mehr Patienten behandeln und ich bekäme schneller einen Termin.

Es blieb ihm nichts anderes übrig, als geduldig auf einen Anruf der Heilpraktikerin zu warten. Der kam jedoch früher als erwartet. Sie hatte auf den Anrufbeantworter gesprochen und um Rückruf gebeten.

„Guten Tag, Frau Mahlsen, hier ist Rainer Metzlaff", bemühte er sich, seine Aufregung zu verbergen und mit ruhiger Stimme zu sprechen. „Sie hatten mich zu erreichen versucht."

„Schön, dass Sie mich zurückrufen, Herr Metzlaff", antwortete sie. „Ja, überraschend ist ein Termin frei geworden, sodass ich Sie als neuen Patienten aufnehmen kann."

Metzlaff war ganz verblüfft, denn er hatte eher damit gerechnet, dass sie endgültig absagen wollte. „Das ... das freut mich zu hören", stammelte er. „Warum ... was ist denn mit dem Patienten?"

„Er ist gestorben".

„Das hat aber nichts mit ihrer Behandlung zu tun, oder?"

„Wo denken Sie hin? Nein, nein, er hatte einen Autounfall."

„Ach so", erwiderte Metzlaff und es war ihm anzumerken, dass ihn die Auskunft erleichterte.

Sie verabredeten einen Termin in der kommenden Woche. Natürlich hatte die Heilpraktikerin sich bei ihm erkundigt, wie er versichert sei und darauf hingewiesen, dass auch die privaten Versicherer nicht sämtliche Kosten übernähmen. Dies geschehe vor allem dann, wenn der in der Gebührenordnung für Heilpraktiker vorgesehene Höchstsatz wegen der umfangreichen Besprechungen, die gelegentlich auch bis zu einer Stunde dauern könnten, nicht ausreichen würde. Dann müsste sie einen anderen Faktor berechnen.

Metzlaff entgegnete, dass das bei dem von ihm gewählten Tarif kein Problem sei. Auch derartige Kosten seien abgedeckt.

Am darauffolgenden Montag hatte er am frühen Nachmittag seinen ersten Termin. Allein die Anamnese nahm einen Zeitrahmen von über fünfzig Minuten in Anspruch. Neben den allgemeinen Fragen nach Vorerkrankungen, Allergien, Operationen, schwerwiegenden familiären Erkrankungen, Medikamenteneinnahmen, Risikofaktoren wie Rauchen und Alkoholkonsum ließ sie sich auch genau schildern, wo und wann die Kopfschmerzen üblicherweise auftraten. Auch den Zeitpunkt, wann er die Schmerzen erstmals registriert habe, erfragte sie.

Vor der Behandlung mit Akupunktur, mit der sie beim nächsten Termin beginnen wollte, empfahl sie eine tägliche Einnahme von chinesischem Tee. Hierfür stellte sie ein Rezept aus, das sie ihm aushändigte.

„Das müssen Sie bei der Apotheke am Frauentor einlösen. Dort erhalten Sie die für den Tee benötigten Kräuter und Mittel. Seit Jahren schon arbeite ich mit dem Inhaber zusammen. Er hat sämtliche Zutaten für die Zubereitung dieser speziellen Tees."

Als er sich anschließend auf den Weg zur nicht weit entfernten Apotheke machte, warf er einen Blick auf das Rezept, das er in seiner Collegemappe deponiert hatte. Darauf standen sechs verschiedene Zutaten, u.a. Uncariae Ramuli et Unci und Magnoliae officinalis Cortex. Nie zuvor hatte er diese oder die anderen noch aufgeführten Namen gelesen.

Der Apotheker erklärte ihm, wie er den Tee aufbereiten müsse und gab ihm hierzu noch eine ausführliche schriftliche Anleitung mit.

In den folgenden Tagen kochte er streng nach den Angaben jeden Morgen den Tee und trank einen Becher davon. Er schmeckte ziemlich bitter, aber das störte ihn nicht. Denn er wollte endlich seine Kopfschmerzen loswerden und dies, so hatte die Heilpraktikerin ihm gesagt, sei der erste Schritt, nämlich die erforderliche Entschlackung von Magen und Darm.

Metzlaff war zwar nicht klar, was das mit seinen Kopfschmerzen zu tun haben sollte, aber er hatte Vertrauen zu MMM gefasst.

Schon beim nächsten Termin begann die Behandlung in Form von Akupunktur. Metzlaff hatte zunächst ein wenig Angst, als MMM die Nadeln an verschiedenen Stellen seines Kopfes und anschließend auch noch an den Armen und den Füßen platzierte. Doch dann entspannte er sich. Sie verließ den Raum. Nach etwa zehn Minuten justierte sie mit leichten Drehbewegungen die Nadeln nochmals und ging zurück in das Besprechungszimmer. Das kannte Metzlaff schon, weil sich auf diese Weise oft zwei Patienten in den beiden Räumen aufhielten. Weitere zehn Minuten später kam sie zurück und entfernte die Nadeln. Die Behandlung war beendet.

Bereits nach dem dritten Termin erhielt Metzlaff die erste Rechnung, die von MMM mit einem kaum leserlichen Nameszug schwungvoll unterzeichnet war. Er staunte nicht schlecht über die gesamte Summe, die er innerhalb von vierzehn Tagen überweisen sollte. Sie betrug über 500 Euro.

Doch Metzlaff war sich sicher, dass sein privater Krankenversicherer die Kosten tragen würde. Und so kam es auch. Offensichtlich deckte sein Tarif, der auch Homöopathie einschloss, Leistungen für die Anwendung der Chinesischen Medizin ab.

Nach weiteren vier Behandlungen im wöchentlichen Abstand waren die Kopfschmerzen immer noch in derselben Intensität wie zuvor vorhanden. Der Prozedur mit Akupunktur wollte er sich deshalb nicht länger unterziehen. Doch ihr das offen zu sagen, traute er sich nicht. Lieber wollte er ihr das schreiben.

Obwohl er MMM nichts vorwerfen konnte, war er wütend auf sie. Die hohen Honorare für die Akupunkturen, die nichts bewirkt hatten, ärgerten ihn maßlos. Als sie während einer Besprechung mit ihm das Büro verließ, weil sie nebenan die Nadeln einer Patientin nachjustieren wollte, nahm er einen größeren Stapel ihrer gedruckten Geschäftsbögen aus dem neben dem Schreibtisch stehenden Regal und verstaute die Blätter in seiner Mappe. So glaubte er, seinem Ärger Luft zu machen. „Außerdem", so murmelte er vor sich hin, „weiß man ja nie, ob ich die nicht irgendwann gebrauchen kann."

„Ich verstehe nicht, dass sich Ihre Kopfschmerzen überhaupt nicht verringert haben", meinte sie, als sie Metzlaff gegenüber wieder Platz genommen hatte. „Natürlich braucht man Geduld. Aber es kann sein, dass die Akupunktur bei Ihnen nicht anschlägt. Vielleicht könnte Ihnen eine Faszientherapie helfen."

„Nie gehört", antwortete Metzlaff kurz angebunden.

„Um es allgemein verständlich zu sagen, da wird das Bindegewebe, das im Körper Organe und andere Strukturen wie Muskeln oder Sehnen umgibt, sanft massiert."

„Und das soll helfen?"

„Garantieren kann ich das nicht. Aber es ist einen Versuch wert."

Metzlaff verabschiedete sich von ihr, wild entschlossen, die Behandlung bei ihr nicht fortzusetzen, so viel Positives er auch über MMM gelesen hatte.

In der nächsten Zeit beschäftigte er sich mit Artikeln, die von der Faszientherapie handelten. Dabei las er einen Bericht eines in Ravensburg ansässigen Physiotherapeuten, der sich in seiner Ausbildung auch intensiv mit Osteopathie und Faszientherapie beschäftigt hatte. Ihn suchte er auf. Schon nach wenigen Terminen verringerten sich seine Kopfschmerzen, gleichermaßen die Häufigkeit als auch die Intensität betreffend.

Zurückblickend auf die Sitzungen bei MMM stieg in ihm wieder die Wut hoch, seine Zeit offensichtlich bei ihr verplempert zu haben. Und so ganz schmerzfrei war die Akupunktur ja auch nicht, dachte er. Während er so die ganzen Prozeduren Revue passieren ließ, überlegte er sich, ob er nicht wenigstens noch Kapital aus den Behandlungen schlagen könnte. Er erinnerte sich, bei der letzten Sitzung bei MMM etliche Geschäftsbögen entwendet zu haben. So reifte die Idee, Rechnungen zu erstellen und diese bei seinem Versicherer einzureichen.

Was alles muss ich dabei bedenken, ging es ihm durch den Kopf. Wie ist das mit der Unterschrift? Die von MMM fälschen? Keine gute Idee. Reicht es nicht aus, einfach ihren Namen mit meiner eigenen Handschrift unter die jeweilige Rechnung zu setzen? Der Versicherer scannt die doch alle ein und dann schlummern die im Archiv. Ein Vergleich der Unterschriften erfolgt also nicht. Wesentlich für das Unternehmen ist nur, was an wen und wie viel gezahlt wurde.

Sein Entschluss reifte. Er fuhr seinen Rechner hoch, machte etliche Kopien einer alten Rechnung und markierte auf einem Blankoblatt die Stellen, wo Datum des Schreibens, Betreff und die einzelnen Positionen einzusetzen waren. Auf den von ihm kopierten Geschäftsbögen startete er die ersten Versuche, nachdem er dieselbe Schrifttype wie auf den Originalen – nämlich Times New Roman – gewählt hatte. Schließlich war er mit dem Ergebnis zufrieden und schrieb auf seinem PC eine Rechnung nach dem Vorbild des kopierten Originals. Untersuchung, Beratung, Akupunktur und Coronazuschlag waren die einzelnen Positionen. Jeweils zwei Termine pro Woche führte er auf, so dass die Rechnung den Zeitraum von drei Wochen umfasste.

Mit seiner eher klein geratenen Handschrift unterzeichnete er die erste Rechnung mit ‚Mahlsen' und betrachtete das fertige Produkt nicht ohne Stolz. Dann erstellte er eine zweite Rechnung für weitere drei Wochen.

Nachdem er den Brief mit den manipulierten Rechnungen an seinen Versicherer geschickt hatte, begann die Zeit des Wartens. Er war nervös, denn er war sich nicht sicher, ob alles so laufen würde, wie von ihm erwartet. Wochen gingen ins Land: Keine Abrechnung kam. Dann endlich die Erlösung: das Schreiben des Versicherers. Und wichtiger noch der Zahlungseingang von 889,20 Euro auf seinem Konto.

„Dann hat sich die Akupunktur bei MMM ja doch gelohnt", sagte Metzlaff zu sich selbst. „Und das ist erst der Anfang! Ein schöner Nebenverdienst, und auch mein Bistro kommt immer mehr in Fahrt."
Bei seinen fingierten Rechnungen blieb er bei seinem Rhythmus von zwei Sitzungen pro Woche. Gelegentlich beschränkte er sich sogar auf lediglich eine Akupunktur in der Woche oder setzte keine Beratung an. So waren die Überweisungsbeträge unterschiedlich, was ihm sinnvoll erschien. Er wollte keinerlei Verdacht erregen, die Rechnungen könnten gefälscht sein.

Über ein halbes Jahr war vergangen. Erneut traf eine Rechnung bei Metzlaffs Krankenversicherer ein. Wie üblich wurden sämtliche Briefe mitsamt den Anhängen in der hierfür zuständigen Abteilung gescannt und anschließend die Originale an den Fachbereich weitergeleitet. Für die Versicherungsnehmer waren also nicht bestimmte Sachbearbeiter oder Sachbearbeiterinnen zuständig. Vielmehr war es zufällig, welche Rechnung von wem bearbeitet wurde. Kirsten Bodenlechner, Mutter einer 18-jährigen Tochter, die gerade die letzte Klasse des Welfen-Gymnasiums in Ravensburg besuchte, war schon seit ihrer Lehre bei der Batavia Krankenversicherung a.G. als Sachbearbeiterin beschäftigt. Dort hatte sie ihren Mann kennengelernt, der inzwischen die IT-Abteilung leitete. Trotz ihrer guten Beurteilungen war sie nie berücksichtigt worden, wenn es galt, die Stelle der Gruppenleitung neu zu besetzen. Sich nach einem anderen Arbeitgeber umzuschauen, kam aber für sie nicht in Frage. Sie und ihr Mann verdienten genug, um einmal im Jahr einen zweiwöchigen Urlaub in den Alpen zu verbringen und sich auch sonst einiges leisten zu können. Versichert waren sie privat bei ihrem Arbeitgeber.

Mit ihrer Familie genoss sie das unbeschwerte Leben. Doch seit mehreren Monaten plagte sie eine Rückenverletzung, die sie sich beim Volleyball zugezogen hatte. Normale Massagen bei einem mit ihr befreundeten Physiotherapeuten hatten zu keiner Linderung geführt. Erst als er ihr empfohlen hatte, es mit Akupunktur zu versuchen, wurden die Schmerzen nach und nach geringer.

Wie der Zufall es wollte, landete die von Herrn Metzlaff eingereichte Rechnung zur Bearbeitung bei ihr. Während sie ansonsten – schon aus Zeitgründen – nur flüchtig die Positionen auf Plausibilität prüfte, sah sie sich die Rechnung genauer an.

„So ein Zufall", sagte sie zu ihrer am gemeinsamen Schreibtisch gegenüber sitzenden Kollegin, mit der sie befreundet war. „Hier habe ich eine Rechnung von der Heilpraktikerin, zu der ich wegen meiner Rückenschmerzen auch gehe."

„Naja, das kommt schon mal vor. Hatte ich kürzlich auch", zeigte die Kollegin wenig Interesse.

„Aber hier stimmt was nicht", fuhr Frau Bodenlechner fort und weckte so die Neugier der Freundin.

„Wirklich? Dann lass mal hören!"

„Also, meine Heilpraktikerin ist eine kleine ganz zarte Person. Aufgefallen ist mir sofort, dass sie unter ihre Rechnungen immer eine extrem große Unterschrift setzt, die von ganz links bis fast an den rechten Rand geht."

„Ja, aber das ist doch nichts Besonderes. Vielleicht haben gerade kleine Leute das Bedürfnis, durch die Größe der Unterschrift ganz unbewusst ihre Bedeutung hervorheben zu wollen."

„Okay, kann ja sein. Aber darum geht es doch gar nicht."

„Worum denn dann?"

„Im Gegensatz zu den Rechnungen, die ich bisher erhalten habe, also die mit der großen Unterschrift, ist diese Rechnung hier", sie wedelte mit dem Blatt in Richtung ihrer Kollegin, „zwar mit demselben Namen unterschrieben, aber etwa nur halb so groß wie sie mir in Erinnerung ist."

„Merkwürdig, das ist wirklich merkwürdig. Du scheinst recht zu haben. Irgendwas ist da faul. Am besten du informierst mal den Grupi." Das war der Spitzname, wie sie den Gruppenleiter üblicherweise nannten.

Von da an nahmen die Dinge ihren Lauf. Die Revision wurde vom Leiter der Leistungsabteilung informiert. Als erstes wurde eine Kopie des KV-Antrags mit Metzlaffs Unterschrift erstellt. Zusammen mit der eingescannten Rechnung, die mit ‚Mahlsen' unterzeichnet war, wurden beide Unterlagen einem Grafologen zur Prüfung gesandt. Dessen Feststellung war eindeutig: Beide Unterschriften stammten von ein und derselben Person.

Daraufhin erstattete die Batavia Anzeige wegen Versicherungsbetrugs bei der Polizei. Ausführlich begründete sie ihren Verdacht und fügte sämtliche erforderlichen Unterlagen bei.

Bevor die Kripo Metzlaff vorlud, informierte sie sich über seine berufliche Tätigkeit und seine Finanzen. Trotz seiner Vorstrafen bestand keine Flucht- oder Verdunkelungsgefahr, sodass ein Haftbefehl nicht erforderlich war. Zwei Beamte suchten ihn in seinem Bistro auf. Sie belehrten ihn, dass er als Beschuldigter vernommen würde und daher keine Angaben machen müsste. Dann konfrontierten sie ihn mit dem gegen ihn erhobenen Vorwurf. Bevor er sich äußerte, meinte einer der Beamten, ein Schuldeingeständnis könnte sich vor Gericht bei der Strafzumessung positiv auswirken.

Metzlaff dachte einen kurzen Augenblick nach und gestand den Betrug in vollem Umfang sowie den Diebstahl der Geschäftsbögen aus dem Büro der Heilpraktikerin.

Die ruhig verlaufende Vernehmung dauerte etwas mehr als eine Stunde. Die Kriminalpolizisten hatten alle Angaben notiert. Sie baten Metzlaff, am nächsten Nachmittag in das Kommissariat zu kommen, um den morgen vorliegenden Bericht zu unterschreiben.

In dem anschließend eröffneten Strafverfahren gegen Metzlaff war die Batavia dem Prozess beigetreten und hatte in dem so genannten Adhäsionsverfahren ihre zivilrechtlichen Ansprüche auf Rückzahlung der überwiesenen Beträge geltend gemacht.

Vom Amtsgericht Ravensburg wurde Metzlaff wegen Diebstahls und fortgesetzten Versicherungsbetrugs zu einer Bewährungsstrafe von zehn Monaten und einer Geldstrafe von 4.800 Euro verurteilt, zahlbar an die Staatskasse in zwei Raten von je 2.400 Euro. Die Zahlungen mussten spätestens am 1. der beiden folgenden Monate auf das Konto der Staatskasse eingegangen sein.

Darüber hinaus wurde ihm auferlegt, den bei der Batavia Krankenversicherung a.G. entstandenen Schaden in Höhe von 4.743,80 Euro in zwei Raten von je 1.600 Euro und einer weiteren Rate von 1.543,80 Euro zu ersetzen.

Für die zu überweisenden Beträge war vom Gericht wiederum eine Zahlungsfrist festgesetzt worden: Jeweils zum 1. der nächsten drei Monate musste die fällige Rate auf ein Konto der Batavia Krankenversicherung a.G. überwiesen worden sein.

Im Falle des Zahlungsverzuges einer der genannten Teilbeträge würde die Bewährung widerrufen.

BEULEN

Bogdan Birtalan, gelernter Kfz-Mechaniker, hatte vor neun Jahren die deutsche Staatsbürgerschaft erworben, sechs Monate zuvor eine gleichaltrige Berlinerin geheiratet und war anschließend mit ihr von Dresden nach Leipzig gezogen. Dort mietete er eine seit längerer Zeit leerstehende Kfz-Werkstatt.

Eines Tages erschien bei Bogdan Vladimir Antonescu – ein mit ihm befreundeter Kunde – mit einem weiteren Rumänen namens Radu Popescu, um etwas mit ihm zu besprechen. Die beiden Männer waren einige Jahre zuvor, was Bogdan wusste, in einem spektakulären sich über etliche Monate hinziehenden Strafprozess wegen Beihilfe angeklagt und vom Landgericht Berlin mangels Beweisen freigesprochen worden. Bei dem Verfahren, später als Berliner Modell in die Kriminalgeschichte eingegangen, waren bei manipulierten Kfz-Unfällen immer zuvor entwendete Autos benutzt worden. Diese fuhren dann auf meist geparkte PKWs der gehobenen Klasse, die den Bandenmitgliedern gehörten, heftig auf. Die Unfallverursacher, ebenfalls Mitglieder der Bande, entfernten sich unerkannt vom Unfallort, sodass die bestehende Verflechtung der beteiligten Personen nicht nachzuweisen war. Die dann vom jeweiligen „Geschädigten" beauftragten vereidigten Sachverständigen, fertigten neutrale Gutachten, denn keiner von ihnen kannte die Machenschaften der kriminellen Vereinigung. Die Versicherer stimmten in allen Fällen dem Reparaturauftrag zu. Von den diversen beteiligten Autowerkstätten wurden die Unfallwagen provisorisch repariert und mindestens einmal erneut für einen weiteren fingierten Unfall verwendet. Wenn aufgrund des zweiten Auffahrunfalls die Gefahr bestand, dass ein vereidigter Gutachter den Vorschaden hätte feststellen können, wurde vom jeweiligen „Geschädigten" mit dem Versicherer auf Basis eines Kostenvoranschlags abgerechnet. Dabei entfiel zwar die ausgewiesene Mehrwertsteuer, da sie nur bei tatsächlich erfolgter Reparatur fällig geworden wäre. Aber das wurde in Kauf genommen.

Radu Popescu war ein IT-Spezialist, der häufig für kriminelle Banden tätig war, wenn es um Fälschungen von Ausweisen oder von sonstigen amtlichen Papieren ging. Mit ihm, einem vereidigten Sachverständigen und Bogdan wollte Vladimir Antonescu eine Sache – wie er sich ausdrückte – in ganz großem Stil aufziehen.

„Dann schieß mal los und vor allem, was ich dabei zu tun habe", meinte Bogdan nach den ersten, doch sehr vagen Andeutungen von seinem Freund Vladimir.

„Die Sache ist denkbar einfach, quasi ein Kinderspiel, wenn du die richtige Mannschaft beisammen hast."

„So, so, ein Kinderspiel. Und wieso brauchst du dann offensichtlich mich dabei?"

„Nun mal langsam", fuhr Vladimir fort. „Ich habe dir doch von den manipulierten Crashs erzählt, in die Radu und ich damals verwickelt waren."

„Ja, und ihr beide mit mehr als einem blauen Auge davongekommen seid!"

„Exakt, aber wir waren ja auch unschuldig wie zwei neugeborene Kinder", lachte Vladimir.

„Klar, ihr Unschuldslämmer, wie konnte die Staatsanwaltschaft glauben, ihr hättet mit der Sache etwas zu tun", grinste Bogdan.

„Du sagst es, mein Freund. Aber zurück zu meiner Idee. Damals hatten wir noch keine Gutachter, die für uns arbeiteten." „Du meinst, die euch den einen oder anderen Gefallen schuldeten."

„Aber Bogdan, sag doch so etwas nicht. Das klingt, als hätten wir gute Gründe, die Gutachter zur – wie soll ich sagen – zur Mitarbeit zu bewegen."

„Genau das meine ich. Aber egal. Komm zur Sache, ich habe nicht den ganzen Abend Zeit. Habe Anita versprochen, es heute nicht wieder so spät werden zu lassen."

„Okay, also Radu ist ein IT-Fachmann, der seine Fähigkeiten bisher hauptsächlich einsetzte, wenn es um dringend benötigte Papiere ging."

„Du meinst Fälschungen?"

„Ja, was denn sonst", meinte Vladimir jetzt schon etwas ungehalten. „Also er kann wirklich mit dem Rechner zaubern. Womit er sich auch besonders gut auskennt, ist das Bildbearbeitungsprogramm.

Er ist in der Lage, eine völlig intakte Karosserie in einen hübschen Unfallwagen zu verwandeln. Hier ein paar Schrammen, dort einige Beulen und da ein abgebrochener Spiegel."

„So was ist möglich?", staunte Bogdan nicht schlecht.

„Du musst wissen, dass heutzutage wegen der vielen Kfz-Unfälle, die bei den Versicherern von immer weniger Personal bearbeitet werden, die Plausibilitätsprüfung eine große Bedeutung hat."

„Das heißt?"

„Wenn nach einem Unfall die eingereichten Unterlagen in sich schlüssig sind, also z.B. ein Gutachten eines vereidigten Sachverständigen mitsamt Fotos vorliegt, ist der Sachbearbeiter bemüht, die Akte möglichst bald schließen zu können."

„Wenn der Versicherungstyp aber vor Zahlung der Schadensumme sich die beiden am Unfall beteiligten Fahrzeuge ansehen will, was dann?"

„Das kommt so gut wie nie vor. Wenn das wirklich mal passieren sollte, dann sagt der „Geschädigte", er habe den Unfall auf Gutachterbasis abrechnen wollen und schon verkauft."

Bogdan blieb skeptisch. „Dann will der Sachbearbeiter aber mit Sicherheit den Kaufvertrag sehen."

„Kein Problem, den schicken wir ihm gleich am nächsten Tag mit dem Hinweis, dass der Verkauf auf einem Gebrauchtwagenmarkt stattgefunden hat. Davon gibt's ja inzwischen ausreichend viele. Den Perso habe der Käufer leider nicht dabei gehabt."

Hundertprozentig überzeugt schien Bogdan nicht zu sein, als er weiter fragte. „Und meine Aufgabe?"
„Außer dir haben wir noch ein paar andere Besitzer von Autowerkstätten. Ihr stellt die Reparaturrechnungen aus, schickt die Abtretungserklärung des „Geschädigten" mit und bittet um Überweisung des Rechnungsbetrages auf das Konto."
„Dann ähnelt diese Betrugsmasche aber doch sehr dem Berliner Modell, von dem du mir vorhin erzählt hast."
„In gewisser Weise schon, aber ist für uns lange nicht so aufwändig."
Das Gespräch mit den beiden Rumänen zog sich eine Weile hin, weil auch noch einige Details zu klären waren. Schließlich willigte Bogdan ein, bei dieser Sache mitzuwirken. „Okay, Deal!", meinte er schließlich und holte aus dem kleinen Kühlschrank im Büro eine Flasche Tuică. Diesen rumänischen Pflaumenschnaps rückte er nur dann raus, wenn es einen besonderen Anlass gab. Denn in Deutschland war er nur schwer zu bekommen. Sie prosteten sich zu und tranken auf gutes Gelingen.
Zwanzig Minuten später brachen Vladimir und Radu auf. Bogdan schloss die Werkstatt ab und fuhr nach Hause.
Vladimir Antonescu hatte in den letzten Monaten eine kleine Mannschaft zusammengestellt, die aus drei Kfz-Werkstattbesitzern, zwei Gebrauchtwagenhändlern, drei Gutachtern, zwei Rechtsanwälten und seinem Freund Radu Popescu bestand.

Alle in der Folgezeit manipulierten Kfz-Unfälle wurden problemlos abgewickelt, weil das Vorliegen eines Gutachtens nach einem gemeldeten Schaden die Abwicklung – wie angenommen – beim Versicherer beschleunigte und kein Misstrauen aufkommen ließ. Die ausgezahlte Summe wurde stets durch die Anzahl der beteiligten Personen geteilt. Vladimir Antonescu erhielt allerdings wie vereinbart einen doppelten Anteil, denn die gesamte Logistik wurde von ihm gesteuert. Er hatte penibel darauf zu achten, dass die Schäden bei diversen Unternehmen versichert waren, und immer unterschiedliche Personen zusammenwirkten, also Gutachter und Anspruchsteller ständig wechselten.

Im gleichen Maß wie die fingierten Schäden mit diversen Versicherern zu seiner Zufriedenheit mit einem beträchtlichen Gewinn abgewickelt wurden, stieg die Gier. Die führte wie in so vielen Fällen, die anderen Tätern in der Vergangenheit schon oft zum Verhängnis geworden waren, zu gewissen Nachlässigkeiten.

Zu Beginn seiner Betrügereien hatte Vladimir Antonescu penibel darauf geachtet, dass die Zusammensetzung der Beteiligten keine Rückschlüsse auf kriminelle Machenschaften zuließen. Doch jetzt war es bei einem der Versicherer, bei dem die Abwicklung bisher völlig unproblematisch verlaufen war, in zwei Fällen innerhalb eines Monats vorgekommen, dass der verwendete Fahrzeugtyp, die Werkstatt und der Gutachter identisch waren.

Zufällig wurde dieser Schaden wegen des bei dem Versicherer durch Corona verursachten krankheitsbedingten Personalmangels von dem Gruppenleiter Sörensen bearbeitet. Diesem hatte bereits wenige Wochen zuvor ein Azubi im dritten Lehrjahr auch den anderen Fall vorgelegt, weil die Schadenshöhe seine Vollmacht überstieg, und er deshalb die fälligen Beträge nicht selbst anweisen durfte.

Als Sörensen die Buchstaben- und Zahlenkombination des Kfz-Kennzeichens sah – nämlich L-SM 666 – hatte er ein Déjà-vue. Schon beim zurückliegenden Fall hatte er schmunzeln müssen, als er die Autonummer las: Sado Maso Sex Sex Sex war ihm dabei in den Sinn gekommen. Dieses Leipziger Kennzeichen kann man sich wirklich leicht merken, ging ihm damals durch den Kopf.

„Und jetzt wieder dieselbe Autonummer?", murmelte er vor sich hin. „Höchst merkwürdig." Der Fall begann ihn mehr als sonst zu interessieren. Er machte die erforderlichen Eingaben und sofort erschienen die gewünschten Seiten auf seinem Bildschirm. Das Nächste, was ihm auffiel, war der Name der Werkstatt, wo auch der vorherige Schaden repariert worden war. Und nicht nur das. Auch der beauftragte Gutachter war identisch.

Im Laufe der sich nunmehr anschließenden Recherchen tauchte er immer tiefer in die Fälle ein. Zwischendurch kamen ihm jedoch Zweifel, auf der richtigen Fährte zu sein. Aber als immer wieder dieselben Namen in den Schadenakten auftauchten, beschloss er, seinen Abteilungsleiter Hansen in Kenntnis zu setzen.

Noch am selben Tag informierte er seinen Chef umfassend über den Vorgang. Im Ergebnis waren sich beide einig, die Revision einzuschalten.

„Ja, Herr Hansen", meinte Peter Kleineis, der Chefrevisor, bei dem am folgenden Tag in seinem Büro stattgefundenen Gespräch, „bin voll und ganz Ihrer Meinung. Sie sollten den Gesamtverband einschalten. Die Sache stinkt zum Himmel. Auch ich vermute, Sie haben da in ein echtes Wespennest gestochen. Vermutlich handelt es sich um eine kriminelle Vereinigung mit mafiösen Strukturen. Auch bei anderen Versicherern wird es vergleichbare Fälle geben." Kleineis schaute in den Terminkalender in seinem Handy. „Es trifft sich gut, dass ich heute Nachmittag ohnehin einen Termin beim Vorstand habe, den ich entsprechend unterrichten werde." Kleineis stand auf und begleitete Hansen zur Tür. „Da haben Sie aber mit Ihrem Gruppenleiter ein kluges Köpfchen im Team. Hätte vielleicht nicht jeder so reagiert."

„Das glaube ich auch. Er hat das Potenzial, um mein Nachfolger zu werden. Habe ja nur noch maximal drei Jahre vor der Brust."

„Okay, dann noch einen schönen Tag, Herr Hansen, und halten Sie mich bitte auf dem Laufenden."

Der Verband startete eine umfangreiche Anfrage bei den Sach-HUK-Versicherern. Alle bekannten Daten wie Namen der Werkstätten, der Gutachter und der Rechtsanwälte, die in den zugrundeliegenden Schadenfällen tätig geworden waren, wurden in dem Bericht aufgeführt. Wegen der vermuteten Brisanz war darum gebeten worden, bei Treffern nicht selbst tätig zu werden. Da der Verband davon ausgehe, es könne sich bei den Fällen um eine kriminelle Organisation handeln, wolle er bei der zuständigen Staatsanwaltschaft Anzeige erstatten und sämtliche eintreffenden Unterlagen gebündelt weiterleiten.

Da solche Anfragen des Verbandes in der Regel mit hoher Priorität von den Versicherern bearbeitet wurden, dauerte es nur wenige Tage, bis die ersten Stellungnahmen eintrafen. Es zeigte sich sehr schnell, dass die Vermutungen richtig waren. Wie angekündigt erstattete der Verband schon knapp zwei Wochen später bei der Staatsanwaltschaft in Leipzig Anzeige. Denn der Schwerpunkt der Betrugsfälle lag in Sachsen, und der so genannte Erfolgsort des ersten aufgefallenen Betrugs war Leipzig.

Die aufwändigen Vorbereitungen für den Prozess zogen sich über mehrere Monate hin. Schließlich fanden in einer konzertierten Aktion in den betroffenen Werkstätten, Anwaltskanzleien und Büros der Gutachter in Sachsen, Thüringen und Sachsen-Anhalt zeitgleich Durchsuchungen statt.

Vladimir Antonescu, Radu Popescu, Bogdan Birtalan und zwei weitere Kfz-Werkstattbesitzer, drei Gutachter, zwei Gebrauchtwagenhändler sowie zwei

Rechtsanwälte, die schon zuvor mehrfach in Verdacht geraten waren, an Straftaten beteiligt gewesen zu sein, wurden festgenommen. Bis auf einen Werkstattbesitzer und einen Gutachter, die untergetaucht waren, wurden sämtliche Beteiligten zunächst verhaftet, aber mit Ausnahme von Radu Popescu, der keinen festen Wohnsitz nachweisen konnte, wieder auf freien Fuß gesetzt. Flucht- oder Verdunkelungsgefahr wurde seitens des Haftrichters verneint.

Wegen der erdrückenden Beweislast waren im Laufe des Prozesses sämtliche Beteiligten geständig, nachdem ihnen vonseiten der Staatsanwaltschaft deutlich gemacht worden war, Geständnisse könnten sich positiv auf das Strafmaß auswirken.

Die verhängten Strafen betrugen zweieinhalb bis vier Jahre Gefängnis. Den Anwälten wurde die Zulassung zur Rechtsanwaltschaft entzogen. Lediglich einer der verurteilten Werkstattbesitzer und die beiden Gebrauchtwagenhändler kamen mit Bewährungsstrafen von dreizehn beziehungsweise fünfzehn Monaten davon.

In einem späteren Verfahren wurde der inzwischen gefasste Gutachter zu einer Gefängnisstrafe von zwei Jahren und drei Monaten verurteilt. Der ebenfalls untergetauchte Werkstattbesitzer konnte nicht gefasst werden. Dem Vernehmen nach hatte er sich in die Slowakei abgesetzt.

TERZETT

Jeden ersten Mittwoch im Monat trafen sie sich zum Skat: Dr. Hans-Joachim Herbst, Leiter eines medizinischen Versorgungszentrums, Dr. Karl-Friedrich Heidrich, Facharzt für Internistische Onkologie, und Peter Klopp, Inhaber einer Apotheke. Schon bevor sie berufsbedingt viel miteinander zu tun hatten, kannten sie sich, denn sie hatten dasselbe Gymnasium besucht, die Ricarda-Huch-Schule in Hannover.
Nach dem Studium, das sie an drei verschiedenen Universitäten in NRW und Hamburg absolvierten, trafen sie sich in Hannover wieder und wurden Freunde.
Stets saßen sie bei ihrer Skatrunde am Stammtisch, dem rustikalen Holztisch im Erker der Kneipe zum Schwarzen Bock.
Sie hatten den Mittwoch gewählt, weil es der einzige Tag war, an dem Kalle, schon seit der Schulzeit sein Spitzname, pünktlich sein konnte. Am Nachmittag behandelte er nur noch einige Privatpatienten nach entsprechender Terminvereinbarung. An den anderen Tagen war er aufgrund seiner Spezialisierung auf die internistische Onkologie immer bis spät abends in seiner Praxis tätig.
Alle drei waren verheiratet, Peter, den sie Piet nannten, bereits zum zweiten Mal. Da er drei Kinder aus der ersten und einen Sohn aus der zweiten Ehe hatte, saß bei ihm das Geld nicht ganz so locker, wie bei seinen beiden Skatbrüdern.

Die letzte Runde ging auf Piets Deckel. Sie prosteten sich gegenseitig zu. „Ich habe da am Wochenende so einen Bericht gelesen", sagte er unvermittelt. „Dazu wollte ich mal eure Meinung als Experten hören."

„Erzähl schon", forderte Kalle ihn auf. „Ich muss gleich los. Morgen ist ein anstrengender Tag. Mehr Termine als sonst."

„Also es ging da um so eine Betrugssache. Ein Apotheker und ein Arzt haben zusammen mit einem Patienten die Versicherung betrogen. Und zwar hat der Arzt Rezepte für teure Medikamente ausgestellt, der Apotheker hat die Rezepte abgestempelt und der Patient hat sie bei seiner Versicherung eingereicht. Das Geld haben sich alle drei geteilt." Piet machte eine kleine Pause. „Ich frage mich, ob so etwas überhaupt funktionieren kann?"

„Also meiner Meinung nach," ergriff Hajo als Erster das Wort, „muss so etwas über kurz oder lang auffliegen.

Sie diskutierten noch ein paar Minuten über den konkreten Fall. Schließlich zahlten sie ihre Zeche vorne am Tresen beim Wirt und verabschiedeten sich draußen vor der Kneipe.

Am übernächsten Wochenende wählte Kalle die Handynummer seines Skatbruders Klopp. „Tag Piet, hier ist Kalle. Wie geht's, hast du den Skatabend gut überstanden?"

„Alles bestens. Das ist ja ungewöhnlich, dass du dich mal außer der Reihe meldest. Probleme?"

„Nee, nee, ich habe mir nur mal deine Story von dem Rezeptbetrüger durch den Kopf gehen lassen. Gar keine so schlechte Idee. Geld kann man schließlich immer gebrauchen. So was scheitert aber normalerweise an dem Mangel an Gelegenheit. Schließlich müssen diejenigen, die so was aushecken, ganz sicher sein, sich gegenseitig vertrauen zu können." Er machte eine kleine Pause. „Allenfalls so ein Triumvirat wie unsere Skatrunde könnte so was meistern."

„Ist das dein Ernst? Hajo meinte doch, so was würde mit Sicherheit schiefgehen. Erinnerst du dich?"

„Schon klar, aber wir bräuchten niemanden, den wir einweihen müssten. Wir drei wären genau die Anzahl an Personen, die erforderlich ist: ein Laborleiter, ein Apotheker und ein Arzt."

„Okay, verstanden. Aber einer von uns müsste dann doch der Patient sein, der teure Medikamente benötigt."

Der Arzt dachte einen Moment lang nach. „Stimmt, aber du kennst doch den Roman von Molière *Der eingebildete Kranke*. Bei uns wäre es dann *Der vermeintlich Kranke*."

„Verstehe nicht, was du meinst."

„Beim Skat hast du aber eine deutlich schnellere Auffassungsgabe", lachte Kalle. „Wir brauchen einen Versicherten, möglichst einen privat Versicherten, aber der muss nicht krank sein. Es reicht, wenn seine Krankheit bescheinigt wird. Jetzt verstanden?"

„Nee, immer noch nicht."

Kalle seufzte. „Also noch mal von vorne. Ich verfasse einen Bericht über einen Krebskranken. Die erforderlichen Laborbefunde liefert Hajo. Dann stelle ich die Rezepte für die teuren Medikamente aus. Du quittierst die Beträge auf den Rezepten und unser Patient rechnet sie mit seinem Versicherer ab. Alles klar?"

„Ja, da bleibt aber die Frage nach dem Patienten. Einer von uns?"

„Da hast du recht. Wir als unmittelbar Beteiligte kommen eigentlich nicht in Frage." Auf Kalles Stirn zeigten sich Falten, wie immer, wenn er angestrengt nachdachte. „Wie wäre es denn mit deiner Frau als Patientin? Sie müsste davon gar nichts wissen. Und dass die Medikamente aus deiner Apotheke stammen, ist doch einfach nur logisch."

Zuerst wollte Piet energisch protestieren, aber schließlich war er es, der die ganze Chose ins Rollen gebracht hatte. Also meinte er schließlich: „Dann lass uns das mal am kommenden Skatabend mit Hajo bequatschen. Vielleicht hat er das Ganze schon vergessen oder gar nicht ernst genommen."

Zweieinhalb Wochen später informierten die beiden Hajo beim Skatabend über ihren Plan. Die Skepsis, die dieser beim Treffen zuvor geäußert hatte, verschwand allmählich. „Finanziell geht es uns ja eigentlich nicht schlecht, aber ein paar Tausender ohne großes Risiko sind schließlich schnell verdientes Geld."

Piet machte sich bei dieser Bemerkung von Hajo so seine Gedanken: Der hat gut reden, dem geht's genauso gut wie Kalle. Beide haben Riesenvillen, sind Mitglieder bei den Rotariern, fahren mehrmals im Jahr in Urlaub und leben in Saus und Braus. Und ich? Komme wegen meiner Unterhaltsverpflichtungen kaum über die Runden, zumal die Apotheke längst nicht mehr so gut läuft wie früher. Wenn die beiden die Sache mit mir gemeinsam durchziehen wollen, dann doch nur aus Gier. Über seine Gedanken sprach er natürlich nicht, stattdessen meinte er: „Und meine Frau als vermeintliche Patientin auszuwählen, stellt kein Risiko dar?"

Das verneinten die beiden anderen Skatbrüder. So besprachen sie den Plan noch einmal in allen Einzelheiten und meinten dann übereinstimmend, dass ja nur sie drei Kenntnis von der Sache hätten und insoweit wirklich nichts schiefgehen könnte.

Dr. Heidrich entwickelte einen Zeitplan für die vermeintliche Behandlung des Magenkrebses der Patientin: Zunächst war eine Chemotherapie vorgesehen, der dann mehrere Bestrahlungen folgten. Um auch die nach diesen erfolglosen Therapien im Magen befindlichen Krebszellen zu bekämpfen, wurde dann von ihm das erst kürzlich zugelassene extrem teure Medikament Opdivo verschrieben.

Im Laufe von nur eineinhalb Jahren betrugen die Gesamtkosten für die geltend gemachten Behandlungen einschließlich Befunde und Rezepte mehr als 150.000 Euro. Der private Krankenversicherer beglich die Rechnungen ohne jegliche Beanstandung. Da Peter Klopp wie auch schon in der Vergangenheit den Schriftverkehr mit sämtlichen Versicherern führte, bekam seine Ehefrau nichts von den betrügerischen Aktivitäten ihres Mannes und seiner Freunde mit.

Der Plan schien perfekt zu sein. Bis eines Tages Sabine Wagner ihren ursprünglichen Beruf als medizinisch-technische Assistentin wieder ausüben wollte, auch weil sie sich nicht mehr ausgelastet fühlte. Ihr Mann Bruno war durch seinen Beruf als Leitender Oberstaatsanwalt stark eingespannt und kam häufig erst spät abends nach Hause. Ihre beiden Söhne waren im letzten Jahr ausgezogen und studierten Jura in Köln. Dort wohnten sie mit zwei anderen Studenten in einer WG.

Wie der Zufall es wollte, hatte Sabine Wagner sich im Labor von Dr. Hans-Joachim Herbst beworben. Trotz der lange nicht mehr ausgeübten Tätigkeit als MTA erhielt sie nach einem optimal verlaufenen Gespräch mit dem Personalleiter die frei gewordene Stelle, die ihre Vorgängerin nach dem Mutterschutz überraschend gekündigt hatte.

Die ersten Monate verliefen reibungslos. Den Anforderungen, die an sie gestellt wurden, fühlte sie sich trotz der langen Zeit, die seit ihrer letzten beruflichen Tätigkeit vergangen war, in jeder Hinsicht gewachsen. Ihre Kolleginnen und Kollegen, die sie von Anfang an mochte, hatten sie bei der Einarbeitung tatkräftig unterstützt.

Eines Tages lag in ihrem Postkorb ein Laborbericht, der versandt werden sollte. Das war ungewöhnlich. Denn üblicherweise war das System so programmiert, dass bei der Fertigstellung des Laborberichts automatisch ein Exemplar an den behandelnden Hausarzt und ein weiteres an die Patientin oder den Patienten gesendet wurden.

Das machte sie neugierig. Die Besonderheit des Falles war eine Haftnotiz mit einem handschriftlichen Vermerk: Der Vorgang ist an die Adresse der Patientin aber zu Händen Herrn Peter Klopp zu senden. Daraufhin las sie sich den Bericht durch. Zu ihrem großen Erstaunen handelte es sich bei der Patientin um Christa Röder, die offensichtlich seit mehr als einem Jahr an einer schweren Krebserkrankung litt, wie sie anschließend durch einen Blick in die digitale Akte erfuhr.

Ist das eine zufällige Namensgleichheit, fragte sie sich, oder handelt es sich tatsächlich um meine ehemalige Mitschülerin? Sie machte die beiden Laborberichte versandfertig und beschloss, die Sache zunächst nicht weiter zu verfolgen. Wahrscheinlich wirklich nur derselbe Name, das kommt ja öfters vor, dachte sie sich. Da wir zufällig in zwei Wochen ein Klassentreffen haben, nachdem wir uns fünf Jahre nicht mehr gesehen haben, kann ich mich ja ganz vorsichtig mal nach ihrem Gesundheitszustand erkundigen.

Nach diesen Gedanken griff sie nach dem nächsten Vorgang auf ihrem Schreibtisch.

Das Klassentreffen fand an einem Samstagabend in einem gemütlichen Bistro namens Einkehr statt. Wie üblich kamen ein paar mehr Frauen als Männer, obwohl beim Abitur die Schüler in der Überzahl gewesen waren. Es wurde ein geselliger Abend. Mit zunehmendem Alkoholkonsum stieg auch der Geräuschpegel. Sabine wunderte sich, dass Christa, die am Nebentisch saß, ziemlich viel Wein trank. Eigentlich konnte es ihr egal sein, zumal sie auch während der Schulzeit wenig Kontakt miteinander hatten. Aber wegen der Sache mit dem Laborbericht und dem dort geschilderten Krankheitsbild, wollte sie doch Gewissheit haben, ob die Patientin und ihre Mitschülerin ein und dieselbe Person war. Sie nahm ihren Stuhl und setzte sich zwischen zwei ehemalige Mitschüler an den Nebentisch, wo sie von allen freudig begrüßt wurde.

Als Christa nach einer Weile aufstand, um zur Toilette zu gehen, folgte Sabine ihr kurz darauf.

„Du wohnst auch in Hannover?", fragte sie , als sie sich wenig später an den Waschbecken im Vorraum trafen.

„Ja, wir sind aus Arnum nie weggezogen und haben das auch nicht bereut."

„Der Ort liegt im Süden, stimmt´s? Ich habe eine Freundin in Pattensen, deshalb weiß ich so ungefähr, wo Arnum liegt."

„Nach Pattensen komme ich sehr selten, nur wenn wir in den Harz fahren, liegt das auf unserer Strecke."

„Ja, ja, kenne ich. Da kommt man zur Autobahn. Und wie geht's dir so? Gesund und munter?", konnte Sabine sich nicht länger zurückhalten, denn die Anschrift – zumindest der Ort Arnum – war ihr im Gedächtnis geblieben.

„Ja, ich treibe viel Sport und bis auf die altersbedingten blöden Hitzewallungen geht's mir blendend."

„Das freut mich, dass du gesund bist. Zwei aus unserer Klasse hat es ja schon erwischt. Paul hatte Krebs und Karsten ist mit dem Auto tödlich verunglückt."

„Ja, habe auch davon gehört. Und das in unserem Alter. Da kann man nur froh sein, wenn man gesund ist."

Sabine zog sich schnell noch ihre Lippen nach und ging zur Tür. „Also dann noch viel Spaß heute Abend. Am Nebentisch von euch werde ich bestimmt schon vermisst." Auf der Heimfahrt im Taxi – Mitternacht war schon vorüber – ließ sie die Geschichte nicht los. Das muss ich morgen unbedingt Bruno erzählen, ging es ihr durch den Kopf. Irgendwas ist da nicht ganz koscher.

Am Sonntagmorgen saß sie mit ihrem Mann gemütlich am Frühstückstisch. Er las die Welt am Sonntag, während sie sich noch eine Tasse Kaffee einschenkte.

„Ich störe dich bei deiner Zeitungslektüre ja nur ungern, aber kannst du mir bitte einen Moment zuhören?"

„Kein Problem, einen Moment habe ich natürlich Zeit

für dich", meinte er mit einem ironischen Unterton. "Wo brennt´s denn?"

"Unser gestriges Klassentreffen hat richtig Spaß gemacht. Alle waren gut gelaunt und niemand hat mit seinen beruflichen Erfolgen geprahlt."

"Und was willst du mir wirklich erzählen?", fragte Bruno, der seine Frau nur allzu gut kannte, um nicht herauszuhören, dass ihr etwas unter den Fingernägeln brannte.

"Eins zu null für dich. Dein feines Ohr für die Zwischentöne! Keiner kennt mich so gut wie du. Ja, es geht um Folgendes," fuhr Sabine fort.

"Vor ein paar Tagen musste ich im Büro einige Laborberichte versandfertig machen, die statt an den Patienten oder die Patientin an einen Dritten geschickt werden sollten. Normalerweise ist das im System so gesteuert, dass die Kopie des Laborberichts immer an die untersuchte Person gesendet wird. Dabei fiel mir ein Name ins Auge: Christa Röder. Denn auch ein Mädchen aus meiner Abiturklasse hieß so. Das interessierte mich natürlich. Deshalb schaute ich mir nicht nur den Laborbericht an, sondern öffnete in meinem PC auch die Akte. Und was stellte ich fest? Seit etwa zwei Jahren schweres Krebsleiden." Sabine schaute ihren Mann an, der inzwischen die Zeitung beiseite gelegt hatte. "Um ganz sicher zu gehen, ob es sich tatsächlich um meine frühere Mitschülerin handelte, verglich ich die Anschrift auf dem Laborbericht mit der in meinem Handy gespeicherten aktuellen Adressenliste der ehemaligen Mitschülerinnen. In beiden Fällen lautete die Anschrift: 30966 Arnum, Haydnweg 3c. Daraus ergab sich für mich, dass Christa entweder ihren Mädchennamen nach der Hochzeit behalten hatte, oder es sich bei Peter Klopp um ihren Lebensgefährten handelte."

„Na, da bin ich jetzt aber echt gespannt, wie's weitergeht", unterbrach Bruno den Redefluss seiner Frau, der er lange schweigend zugehört hatte. „Dann hast du also gestern Abend Detektiv gespielt, oder?"

„Richtig, du hast den Nagel auf den Kopf getroffen", stimmte Sabine ihrem Mann zu.

„Im Laufe des Abends ergab sich eine Gelegenheit, Christa zu fragen, wie es ihr geht." Sie machte eine kleine Pause. „Und, was meinst du, hat sie gesagt?"

„Weiß nicht, ich war ja schließlich nicht dabei. Aber ich vermute, deine ehemalige Mitschülerin ist kerngesund."

„Du kannst mir aber auch jede Pointe klauen", schmollte sie. „Ja, du hast recht. Jetzt möchte ich von dir gerne wissen, was dahinterstecken könnte. Was meinst du?"

„Eigentlich habe ich am Wochenende üblicherweise dienstfrei. Aber jetzt hast du natürlich meine Neugier geweckt."

„Dachte ich mir!", triumphierte sie.

Am übernächsten Tag lud Dr. Bruno Wagner seine engsten Mitarbeiter und den stellvertretenden Leiter des Betrugsdezernats zu einer dringenden

Besprechung ein. Er schilderte zunächst die Fakten und seinen hieraus gewonnenen Anfangsverdacht eines Versicherungsbetrugs. Bei der Sachlage gab es auch für die erfahrenen Beamten keine Zweifel, dass Dr. Wagner mit seiner Vermutung richtig lag.

Nach knapp zwei Monaten der Vorbereitung sprachen die inzwischen vorliegenden Indizien eine eindeutige Sprache, auch wenn letztlich noch in sich schlüssige Beweise fehlten.

In einer konzertierten Aktion waren deshalb zeitgleich am frühen Morgen in dem medizinischen Versorgungszentrum von Dr. Herbst und in der Praxis von Dr. Heidrich zwei Teams mit Durchsuchungsbeschlüssen erschienen. Sie beschlagnahmten sämtliche Rechner mit den digitalen Akten aller Patienten sowie den gespeicherten Abrechnungen mit dem Versicherer.

Drei weitere Beamte suchten Christa Röder in ihrer Wohnung auf, wo sie auch ihren Ehemann Peter Klopp antrafen, den Empfänger des Laborberichts. Mit Hinweis auf den vorgelegten Durchsuchungsbeschluss forderten sie die Herausgabe der Abrechnungsbelege des Krankenversicherers. Frau Röder wusste gar nicht wie ihr geschah. Ihr Mann dagegen schätzte die Situation sofort richtig ein und ging mit den Beamten nach nebenan in den Speiseraum. Zuvor hatte er seine Frau gebeten, im Wohnzimmer zu warten.

„Ich weiß, weshalb Sie hier sind. Sie können sicher sein, dass ich Ihnen alle Fragen beantworten werde und Ihnen sämtliche benötigten Unterlagen aushändigen werde", begann er, noch bevor die Beamten überhaupt angefangen hatten, ihre Karten auf den Tisch zu legen.

Die eingeschaltete Staatsanwaltschaft vermutete bei erster Durchsicht der Unterlagen, dass bis zum Prozessbeginn am Amtsgericht Hannover noch gut ein halbes Jahr vergehen würde. Da aus ihrer Sicht das zu erwartende Strafmaß zwischen zwei und vier Jahren betragen würde, wäre das Schöffengericht zuständig.

Im Gegensatz zu Peter Klopp hatten sich die beiden anderen Beschuldigten, Dr. Heidrich und Dr. Herbst, nach ihrer Festnahme bei der Vernehmung zunächst auf ihr Recht zu schweigen berufen.

Noch am selben Nachmittag fand eine längere Besprechung mit den von ihnen beauftragten Rechtsanwälten statt. In deren Verlauf empfahlen sie ihren Mandanten dringend, die Betrügereien vollumfänglich zu gestehen. Nur so sähen sie eine Chance, dass die zu erwartenden Gefängnisstrafen zur Bewährung ausgesetzt werden könnten. Sie verhehlten allerdings nicht, dass bei der Höhe des durch die Betrügereien verursachten Schadens das

Gericht auch zu der Auffassung gelangen könnte, eine Bewährung käme nicht in Betracht.

Die beiden Freunde baten ihre Anwälte, sich kurz ohne sie besprechen zu dürfen.
Gleich zu Beginn dieses dann stattgefundenen Gesprächs räumte Dr. Heidrich ein, sich darüber bewusst zu sein, dass sein Tatbeitrag nach Ansicht der Richter am schwerwiegendsten beurteilt werden dürfte. Aber auch Dr. Herbst befürchtete, dass er mit einer Gefängnisstrafe rechnen müsste.

Als die Anwälte wieder in den Besprechungsraum kamen, fragten sie, zu welchem Entschluss ihre Mandanten gekommen seien. Wie abgesprochen ergriff Dr. Heidrich das Wort. Sie hätten sich beratschlagt und würden ein umfangreiches Geständnis ablegen, aber nur wenn es ihren Anwälten gelänge, mit der Staatsanwaltschaft eine Vereinbarung auszuhandeln, die zu erwartende Gefängnisstrafe zur Bewährung auszusetzen.

Bei der Sachlage, so argumentierten die Anwälte, würde sich die Staatsanwaltschaft mit Sicherheit nicht auf einen solchen Deal im Sinne einer „verfahrensverkürzenden Absprache" einlassen. Es läge also bei ihnen, ob sie zu Beginn des Prozesses die Betrügereien gestehen wollten oder nicht.

„Wir beide", meinte Dr. Heidrichs Anwalt mit einem Seitenblick auf seinen Kollegen, „werden Ihnen auch keine Garantie geben können, dass das Gericht die zu erwartenden Gefängnisstrafen zur Bewährung aussetzen wird. Da die Beweise der Staatsanwaltschaft nach unserer Einschätzung erdrückend zu sein scheinen, können wir nur nochmals empfehlen, sofort zu Prozessbeginn die angeklagten Taten vollumfänglich zu gestehen. Mit Sicherheit, und das richtig einzuschätzen sind wir aufgrund unserer beruflichen Erfahrung imstande, verbessert das Ihre Chancen erheblich, zumindest das Strafmaß betreffend."

Da aufgrund der bereits erfolgten Beschlagnahmen und der dadurch gesicherten Beweise bei allen drei Beschuldigten keine Flucht- oder Verdunkelungsgefahr bestand, wurden sie nach der Vernehmung auf freien Fuß gesetzt.

Der Prozess fand dann doch schneller als von der Staatsanwaltschaft zuvor geschätzt schon viereinhalb Monate später statt. In dieser Zeit waren die Beweise vollständig gesichert und die Anklageschrift fertiggestellt worden.

Gleich zu Beginn der Verhandlung verlasen Dr. Heidrich und Dr. Herbst ihre gemeinsam mit ihren Anwälten konzipierten Erklärungen. In fast allen Punkten entsprachen sie der Realität. Nur wer als Erster die Idee zu diesen Betrügereien hatte, blieb unerwähnt. Wider besseres Wissen hatten sie sich darauf verständigt, nicht mehr zu wissen, wer den Stein ins Rollen gebracht habe. Soweit sie sich erinnerten, sei ein Artikel in der Tageszeitung erschienen, in dem ein ähnlicher Versicherungsbetrug geschildert worden sei. Wer von ihnen darauf hingewiesen habe, könnten sie beim besten Willen nicht mehr sagen.

So hatten sie in diesem Punkt ihre Freundschaft gegenüber Peter Klopp, dem dritten Angeklagten, bewiesen. Hätten sie wahrheitsgemäß behauptet, er hätte bei einem ihrer Skatabende von diesem Artikel berichtet, wäre das zu seinen Lasten gegangen. Ihre eigenen Chancen hätten sich dadurch aber, wie ihre Anwälte ihnen im Vorfeld versichert hatten, kaum verbessert.

Da die Angeklagten ihre Betrügereien in vollem Umfang gestanden hatten und lediglich sieben Zeugen befragt werden mussten, waren nur wenige Verhandlungstage erforderlich, bis das Schöffengericht seine Urteile verkünden konnte.

Dr. Karl-Friedrich Heidrich wurde zu drei Jahren und Dr. Hans-Joachim Herbst zu zwei Jahren und vier Monaten Gefängnis verurteilt. Peter Klopp erhielt eine Bewährungsstrafe von neun Monaten. Alle Angeklagten wurden darüber hinaus verurteilt, den durch die Betrügereien dem Versicherer entstandenen Schaden durch Rückzahlung der gesamten Summe zuzüglich Zinsen auszugleichen.

Die beiden Mediziner verloren ihre Approbation. Peter Klopp überschrieb die Apotheke seiner Tochter und zog sich aus dem Geschäftsleben zurück.

MALLORCA

Sie fiel auf. Wenn sie mittags auf dem Weg zum firmeneigenen Casino war, drehte sich nicht nur die Männerwelt nach ihr um. Die Frauen ebenfalls. Aber mit anderer Mimik. Auch die Kommentare waren geschlechtsspezifisch. Sandra Nutini kleidete sich aufreizend. Unterstrich, was die Natur ihr mitgegeben hatte. Aber immer ein Touch zu viel. Die Hosen hauteng, die Pullover eine Nummer zu klein, die Blusen einen Knopf zu weit geöffnet. Ihre Kolleginnen nannten sie oft, wenn sie über sie sprachen, die Nuttini – mit deutlicher Betonung der ersten Silbe.

In der Hauptverwaltung des Versicherungskonzerns Bavarvita in München war sie häufig Gesprächsthema. Fast täglich wurde sie von ihrem Lebensgefährten in einem roten Ford Mustang Cabrio mit weißen Ledersitzen abgeholt. Auch sein Äußeres war auffällig: Seine Ohrläppchen waren mit Silikon-Fleshtunneln geweitet, seine Arme vollständig tätowiert, sein Kopf zierte ein Irokesen-Schnitt.

Nur wenige Tage, nachdem er zum ersten Mal vor dem Gebäude auf sie gewartet hatte, machte der Versicherer von seinem Hausrecht Gebrauch.

Der Portier näherte sich von der Beifahrerseite dem Cabrio.

„Guten Tag. Mein Name ist Klaus Pätzold. Darf ich Sie um Ihren Namen bitten?"

„Ich arbeite nicht in Ihrem Laden. Warum sollte ich Ihnen den also verraten?"

„Weil Sie hier im Halteverbot mit Ihrem Wagen vor dem Haupteingang parken."

„Und? Darf ich das nicht?"

„Sie sagen es. Nennen Sie mir also bitte Ihren Namen!"

„Wenn Sie's beruhigt. Ich heiße Paolo Santini."

„Ist das Ihr", Pätzold musterte die ungewöhnliche Frisur seines Gegenübers, „Künstlername?"

„Nein, so heiße ich schon seit meiner Geburt", meinte er etwas gereizt. „War's das jetzt?"

„Noch nicht ganz. Im Namen des Vorstands möchte ich Ihnen mitteilen, dass Sie künftig Hausverbot haben."

„Ich hör' wohl nicht richtig!"

„Doch, Sie haben mich richtig verstanden. Sollten Sie sich noch einmal hier auf dem Gelände blicken lassen, werden wir gegen Sie Anzeige wegen Hausfriedensbruchs erstatten."

Zum Erstaunen des Portiers reagierte Santini ziemlich gelassen. „Okay. Wenn Sie Stress haben wollen ... den können Sie bekommen. Ach ja, schönen Gruß noch an die Großkofferten."

Inzwischen war Sandra Nutini neben Pätzold aufgetaucht. Mit verführerischem Augenaufschlag und entwaffnendem Lächeln sah sie ihn an. Sie beugte sich nach vorn, um die Beifahrertür zu öffnen. Dabei gewährte sie dem Portier einen tiefen Einblick, der ihn erröten ließ. Mit einem schnippischen „Tschüss, Herr Pätzold!" ließ sie sich auf die weißen Lederpolster sinken.

Mit aufheulendem Motor seines Ford Mustangs rauschte Santini davon.

Am Montagmorgen der übernächsten Woche befand sich im Postkorb der Personalabteilung eine Krankmeldung. Absender war Sandra Nutini. Ihr Hausarzt hatte sie wegen Magen-Darm-Beschwerden bis einschließlich kommenden Sonntag krankgeschrieben.

Am folgenden Montag erschien die Mitarbeiterin nicht an ihrem Arbeitsplatz im Zentralen Schreibbüro. Auch eine neuerliche Krankmeldung traf nicht ein. Dies geschah erst am Dienstag. Die Bescheinigung trug das Datum vom selben Tag.

Die Nachfrage bei dem erstaunlich auskunftswilligen Arzt ergab, dass Sandra Nutini am Vormittag in der Praxis gewesen war, über fortgesetzte Magenbeschwerden klagte und daraufhin für eine weitere Woche krankgeschrieben wurde.

Ein Referent der Personalabteilung erkundigte sich bei einigen Mietern des Hauses, in dem Sandra Nutini mit ihrem Lebensgefährten wohnte, nach dem auffälligen Paar. Von denen erfuhr er, dass die beiden in der vergangenen Woche eine Busreise nach Paris unternommen hatten.

Als die Mitarbeiterin am darauffolgenden Montag wieder an ihrem Arbeitsplatz erschien, wurde sie von ihrer Abteilungsleiterin aufgefordert, sich im Personalbüro zu melden.

Ihr wurden die zusammengetragenen Fakten genannt, die sie nicht bestritt. Die Bavarvita kündigte ihr daraufhin fristlos. In dem ihr ausgehändigten Schreiben war hilfsweise auch die ordentliche Kündigung ausgesprochen worden.

Mit der bereits drei Tage später von ihrem Anwalt eingereichten Kündigungsschutzklage wollte Sandra Nutini die Fortsetzung ihres Arbeitsverhältnisses erreichen. Vom Anwalt entsprechend beraten, bot sie ihre Arbeitskraft an. Die Versicherungsgesellschaft hielt an der ausgesprochenen Kündigung fest und stellte sie frei.

Die gesetzlich vorgesehene relativ zeitnahe Güteverhandlung verlief wie erwartet erfolglos. Der Prozessbeginn verzögerte sich aus mehreren Gründen. Erst nach fast fünf Monaten wurde ein Verhandlungstermin anberaumt. Im Zuhörerraum verfolgte die zehnte Klasse eines Gymnasiums zu Schulungszwecken im Rahmen einer freiwilligen Rechtskunde-AG die Sitzung. Nach der Befragung mehrerer Zeugen wandte sich Richter Hensel – wegen der roten fast schulterlangen Haare und seiner meist sehr arbeitnehmerfreundlichen Urteile von den Arbeitgebern gerne als der rote Hansel tituliert – an die Beklagtenseite, die durch den Chefjustiziar des Versicherers vertreten wurde.

„Herr Dr. Schlippkötter, was meinen Sie? Wie sieht es mit einer vergleichsweisen Regelung aus. Die

Arbeitnehmerin ..."

„Auf gar keinen Fall", unterbrach der Beklagtenvertreter den Vorsitzenden.

„Nun lassen Sie mich Ihnen doch erst einmal meinen Vorschlag unterbreiten", meinte der Richter erkennbar verärgert. „Also die Arbeitnehmerin ist seit knapp zehn Jahren bei Ihnen angestellt. Sie hat sich nachweislich in dieser Zeit nie etwas zuschulden kommen lassen. Ich schlage vor, Sie zahlen ihr eine Abfindung in Höhe von fünf Monatsgehältern für den Verlust des Arbeitsplatzes. Wie ich das so zwischen den Zeilen Ihrer Schriftsätze gelesen habe, geht es Ihnen doch aus welchen Gründen auch immer in erster Linie darum, die Klägerin loszuwerden."

„Also mit Verlaub, Herr Vorsitzender, Ihren Vorschlag finde ich schon etwas, wie soll ich mich ausdrücken, abenteuerlich. Er berücksichtigt überhaupt nicht, dass die Klägerin während ihrer Magen-Darm-Erkrankung eine strapaziöse Busreise nach Paris unternommen hat, statt sich ins Bett zu legen. Jeder Arbeitnehmer ist verpflichtet, alles zu unterlassen, was den Verlauf einer Krankheit negativ beeinflusst. Auch die Tatsache, dass sie nicht sofort am Montag zum Arzt gegangen ist, also unentschuldigt gefehlt hat, kann wohl kaum eine Abfindung begründen", fügte Dr. Schlippkötter ironisch hinzu.

„Das mag ja aus Ihrer Sicht stimmen. Aber wie wir gehört haben, war die Klägerin an dem besagten Montag wegen einer Verschlechterung ihrer

Beschwerden gar nicht in der Lage, zum Arzt zu gehen", entgegnete der Richter.

„Ja, warum wohl? Weil sie nicht zu Hause geblieben ist, sondern mit dem Bus eine anstrengende Fahrt nach Paris unternommen hat."

„Waren Sie dabei?", meinte der Richter mit süffisantem Unterton. „Im Übrigen haben Sie eine irrige Vorstellung darüber, was der Arbeitnehmer während seiner Krankheit zu tun oder zu lassen hat. Wenn es seiner Gesundheit förderlich ist, kann er auch nach New York fliegen und im Central-Park spazieren gehen."

„Das mag ja bei einem Schnupfen zutreffen, aber doch nicht bei einer Magen-Darm-Erkrankung", beharrte Dr. Schlippkötter auf seinem Standpunkt und ließ so erkennen, sich nicht vergleichen zu wollen.

„Also ich stelle fest, Sie sind nicht bereit, eine auch nur irgendwie geartete Abfindung zu zahlen?"

„Ja, das sehen Sie richtig. Keinen Cent!" Seine innere Erregung war Dr. Schlippkötter anzusehen.

„Dann lassen Sie mich Ihnen abschließend noch einen rechtlichen Hinweis mit auf den Weg geben, und mit auf den Weg geben meine ich den Fall, dass Sie bei für Sie negativem Ausgang des Verfahrens in Berufung gehen wollen: Die Klägerin muss sich zwar den Vorwurf gefallen lassen, nicht alles Notwendige zur Wiederherstellung ihrer Arbeitskraft getan zu haben. Aber aufgrund der Tatsache, dass sie niemals zuvor von Ihnen abgemahnt wurde, rechtfertigt ihr im Grunde nicht zu billigendes Verhalten weder die fristlose noch die ordentliche Kündigung."

Damit schloss der Vorsitzende die Sitzung. „Die Urteilsverkündung erfolgt am späten Vormittag. Die Parteien können den Ausgang des Verfahrens in der Geschäftsstelle erfragen."

Mit ordentlicher Wut im Bauch traf Dr. Schlippkötter in der Hauptverwaltung ein. Im Beisein der Abteilungsleiterin des Zentralen Schreibbüros, Klara Schaub, schilderte er dem für die Konzernrechtsabteilung zuständigen Vorstandsmitglied unmittelbar nach dem Mittagessen den Verlauf der Sitzung. Das für den Arbeitgeber negative Ergebnis der Kündigungsschutzklage hatte er soeben erfahren.

„Da hat der rote Hansel seinem Namen wieder mal alle Ehre gemacht. Den hätten Sie erleben müssen. Da sagt der vor der versammelten Schülergemeinschaft der zehnten Klasse – ich zitiere wörtlich – ein kranker Arbeitnehmer könne auch nach New York fliegen und dort im Central-Park spazieren gehen, wenn es seiner Gesundheit förderlich sei. Wenn ich an die Verhandlung denke, kommt mir echt die Galle hoch."

„Eine Einigung kam nicht in Betracht?", erkundigte sich der zuständige Ressortchef Dr. Knut Michelsen, der in den meisten Fällen Vergleiche vorzog, zumal wenn seitens des Gerichts bereits signalisiert worden war, dass erstinstanzlich ein für den Arbeitgeber negatives Urteil nicht ausgeschlossen werden könne. Dabei ging es ihm in erster Linie darum, das Image der Bavarvita nicht durch die in der Regenbogenpresse oftmals sehr einseitig, gelegentlich auch verfälscht dargestellten Berichterstattung zu schaden.

„Nein, null Chance", antwortete Dr. Schlippkötter nicht ganz wahrheitsgemäß, denn er hatte ja in der Verhandlung jede Vergleichsbereitschaft verneint, ohne einen Gegenvorschlag zu unterbreiten. „Wir sollten in Berufung gehen. Das sind wir auch den Kolleginnen gegenüber schuldig. Sonst mischt die Nutini noch den ganzen Schreibdienst auf so nach dem Motto: Da bin ich wieder. Habe mal eben auf Kosten unseres lieben Arbeitgebers ein halbes Jahr Urlaub gemacht!"

Klara Schaub mischte sich ein. „Das ist richtig. Es gibt sowieso schon Gerede in meiner Abteilung. Eine unserer Schreibkräfte ist leider mit ihr immer noch dick befreundet. Wenn die Nutini zurückkäme, gäb´s böses Blut. Das wäre für die Stimmung im Bereich katastrophal."

„Okay, dann sind wir uns einig. Sie legen Berufung ein. Unterrichten Sie bitte den Personalbereich." Damit stand Dr. Michelsen auf und geleitete die Mitarbeiter hinaus.

Die beim Landesarbeitsgericht eingelegte Berufung blieb erfolglos. Die Kammer vertrat im Wesentlichen die Argumente der Vorinstanz.

Sandra Nutini kehrte nach mehr als dreizehn Monaten zurück an ihren Arbeitsplatz. Sie machte kein Hehl daraus, dass sie ihren vor den Arbeitsgerichten errungenen Sieg genoss. Ihrer Abteilungsleiterin war sie ab diesem Tag ein Dorn im Auge.

Dr. Schlippkötter versuchte sie zu beruhigen: „Glauben Sie mir, Frau Schaub, sie wird einen Fehler machen. Sie ist so gestrickt, dass sie es sich weiterhin gutgehen lassen will. Auf unsere und die Kosten ihrer Kolleginnen, versteht sich. Ihr augenblicklicher Triumph wird sie leichtsinnig werden lassen."

„Meinen Sie?"

„Vertrauen Sie mir. Meine Erfahrung sagt mir, am Ende werden wir sie los sein!"

„Ihr Wort in Gottes Gehörgang", scherzte Frau Schaub.

Die Monate gingen ins Land. Für den Sommer hatte Sandra Nutini vierzehn Tage Urlaub beantragt, der ihr auch bewilligt wurde. Wie sie der mit ihr befreundeten Kollegin erzählte, würde sie mit ihrem Lebensgefährten nach Mallorca fliegen.

An einem Freitag, es war Nutinis letzter Urlaubstag, traf in der Personalabteilung ein Fax aus Mallorca ein. Dem kurzen von Paolo Santini verfassten Anschreiben war eine Krankmeldung in spanisch und eine Übersetzung ins Deutsche beigefügt. Die Bescheinigung wies aus, dass Sandra Nutini flugtauglich erkrankt sei. Symptome und Krankheitsverlauf wurden ausführlich geschildert. Die Krankschreibung galt für eine Woche.

„Das darf nicht wahr sein", entfuhr es Dr. Schlippkötter, der vom zuständigen Personalreferenten sofort verständigt worden war. „Am letzten Urlaubstag erkrankt. Das stinkt doch zum Himmel." Er unterrichtete Frau Schaub und versprach, der Sache auf den Grund zu gehen.

Er beauftragte Markus Reiter, einen seiner Juristen, sich mit dem Reisebüro in Verbindung zu setzen, über das auch die Mitarbeiter des Versicherungskonzerns häufig ihre Reisen buchten, denn es gab einen so genannten Vorzugsrabatt von zehn Prozent. Er sollte in Erfahrung bringen, wann die Flugreise gebucht worden war und welchen Zeitraum sie umfasste.

„Da muss ich Sie leider enttäuschen. Das geht aus Datenschutzgründen nicht", lehnte die Sachbearbeiterin im Reisebüro das Auskunftsverlangen ab.

„Und da können Sie nicht mal eine Ausnahme machen?", warf Reiter seinen ganzen Charme in die Waagschale.

„Nein, da komme ich in Teufels Küche", konterte sie. Zwischen dem Chef des Reisebüros und der Personalabteilung des Versicherers war in dem abgeschlossenen Rahmenvertrag vereinbart worden, dass bei vom Reisebüro vorgenommenen Buchungen keine Interna an Dritte weitergegeben würden. Im Falle möglichen Fehlverhaltens von Versicherungsangestellten würde aber auf Anfrage ein förmliches Verfahren eingeleitet werden.

Ein solcher Fall war vorliegend gegeben. Daher erklärte sich das Reisebüro schließlich bereit, die erforderlichen Informationen zu liefern. Aus nicht erklärlichen Gründen verzögerte sich der Vorgang. Sandra Nutini war schon seit ein paar Tagen wieder aus ihrem krankheitsbedingt verlängerten Urlaub zurück. Sie gab ihren Kolleginnen erneut zu verstehen, dass man eben wissen müsse, wie man sich eine Extraportion vom Kuchen abschneiden könne. Konkreter wurde sie allerdings nicht.

Zwei Wochen später erhielt die Bavarvita das Ergebnis der eingeleiteten Recherche. Dr. Schlippkötters Verdacht hatte sich bestätigt: Die bereits im Januar erfolgte Buchung der Reise umfasste von vornherein drei Wochen.

Für den nächsten Morgen hatte der Personalleiter Torsten Mucke auf Bitten des Chefjustiziars den Betriebsrat zu einer Besprechung gebeten. Den Grund nannte er nicht. Immer noch war er verärgert, dass der Betriebsrat der damaligen Kündigung nicht zugestimmt hatte, was die Position des Arbeitgebers vor Gericht geschwächt hatte.

Pünktlich waren die Beteiligten im Besprechungszimmer eingetroffen. Der Betriebsrat war durch seinen Vorsitzenden und ein weiteres Mitglied vertreten. Es klopfte. Im Türrahmen standen Frau Schaub und Sandra Nutini, die entgegen ihrem sonst üblichen selbstbewussten Auftreten etwas verschüchtert wirkte.

Dr. Schlippkötter hielt sich zurück. Der Personalleiter übernahm das Kommando.

„Frau Nutini", begann Torsten Mucke ohne lange Vorrede, „Sie sind krankheitsbedingt vor ein paar Wochen verspätet aus Ihrem Urlaub zurückgekehrt." Er machte eine Pause. Sie nickte. „Mir stellt sich die Frage, wie konnten Sie zur Hauptreisezeit noch einen Flug am Wochenende für zwei Personen von Mallorca nach Deutschland buchen? War jemand für Sie vom Flug zurückgetreten?"

Sandra Nutini wurde puterrot. „Ja, also ... das war eben ein Glücksfall ... das gibt's ja manchmal."

„So, so, ein Glücksfall. Hat sich Ihr Bekannter gleich um den Flug bemüht oder sind Sie gemeinsam erst am Tage des Abflugs auf's Geratewohl zum Flughafen gefahren?"

„Nein, nein, also als klar war, dass ich nicht fliegen konnte, ist mein Lebensgefährte zum Flugplatz gefahren und hat dort alles geregelt."

„Hm. Ihr Lebensgefährte ist doch Musiker. Hatte er auf Mallorca ein Engagement mit seiner Band oder waren Sie nur zum Urlaub auf Mallorca?"

„Also ich habe ihn begleitet. Er hat in dem Hotel Musik gemacht."

„Und über welchen Zeitraum lief das Engagement?"

„Äh, also ich meine über zwei Wochen oder so."

„Was heißt oder so? Wissen Sie das nicht mehr genau? Dann nennen Sie mir doch einfach den Namen des Hotels und wir erkundigen uns telefonisch."

Sandra Nutini, die zwischenzeitlich ihre Sicherheit wiedergefunden hatte, errötete nun erneut.

„Herr Mucke, wenn Sie nichts dagegen haben", schaltete sich nun der Betriebsrat ein, „würden wir eine fünfminütige Pause vorschlagen, damit wir uns kurz mit Frau Nutini allein unterhalten können."

„Aber gerne. Wir gehen solange in mein Büro. Dann können Sie sich hier mit ihr besprechen. Sagen Sie Bescheid, wenn Sie zu einem Ergebnis gekommen sind." Ganz bewusst hatte er von „einem Ergebnis" gesprochen, denn er wollte dem Betriebsrat gegenüber demonstrieren, dass es hier nichts mehr zu holen gab.

Drei Minuten später klopfte es an der Tür. „Wir haben uns mit Frau Nutini besprochen. Wir gehen davon aus, dass eine erneute fristlose Kündigung im Raum steht."

„Das sehen Sie völlig richtig. Wir haben diese schon schriftlich formuliert und sind der festen Überzeugung, dass Sie der Kündigung dieses Mal nicht widersprechen werden." Damit übergab der Personalleiter das Schreiben an Frau Nutini und dem Betriebsratsvorsitzenden eine Kopie.

„Ja, dann möchten wir nur noch anmerken, dass Frau Nutini sich damit einverstanden erklärt hat, ihre privaten Sachen aus dem Schreibtisch mitzunehmen und das Haus dann anschließend sofort zu verlassen. Das ist ja wohl in Ihrem Sinne", meinte der Betriebsratsvorsitzende.

„Exakt. Wenn das weitere Procedere nicht schon von Ihnen angesprochen worden wäre, hätten wir das Frau Nutini mitgeteilt. Gut, dann sind ja alle

Formalitäten erledigt."

Sandra Nutini sagte kleinlaut auf Wiedersehen und verließ den Raum.

„Sagen wir lieber Adieu'", meinte der Personalleiter und verabschiedete sich mit Handschlag von den übrigen Anwesenden. Dr. Schlippkötter begleitete Frau Schaub zu ihrer Abteilung. „Na, habe ich Ihnen zu viel versprochen?"

„Nein, ganz und gar nicht. Ich bin richtig glücklich, dass wir dieses ..."

„Ich weiß, was Sie sagen wollen. Und ich verstehe, was Sie jetzt empfinden. Tschüss, Frau Schaub."

„Auf Wiedersehen, Herr Dr. Schlippkötter. Und vielen, vielen Dank!"

Die Geschichte machte im ganzen Haus schnell die Runde. In das Zentrale Schreibbüro kehrte bald wieder Ruhe ein, vor allem als die Kollegin, die mit Sandra Nutini befreundet war, schon nach wenigen Wochen den Arbeitgeber wechselte.

Der Versicherer entschied sich, entgegenkommend keine Betrugsanzeige gegen seine ehemalige Mitarbeiterin zu erstatten. Er wollte einen Schlussstrich unter die ganze Angelegenheit ziehen, auch weiteres öffentliches Interesse vermeiden.

Ganz anders Sandra Nutini. Sie reichte Klage beim Arbeitsgericht ein mit dem Antrag, das Zeugnis zu ändern. Hauptpunkt ihrer Forderung war der im Zeugnis genannte tatsächliche Beendigungster-

min, der 19. September, da dieser erkennen ließ, dass es sich um eine fristlose Kündigung gehandelt haben musste. Die Klage wurde in allen Punkten abgewiesen.

Etwa ein Vierteljahr später erfuhr die Vertragsabteilung aufgrund gekündigter bzw. stornierter Versicherungsverträge, dass Sandra Nutini und ihr Lebensgefährte nach Dresden verzogen waren.

EPILOG

Jetzt haben Sie achtzehn Kapitel gelesen, bei denen es den Täterinnen oder Tätern immer darum ging, die Versicherung zu betrügen. Alle Fälle haben sich tatsächlich so ereignet. Bei der Auswahl und der Recherche haben mich Kollegen anderer Versicherer – ebenfalls Mitglieder in Rechtsausschüssen und Arbeitskreisen des Gesamtverbandes – unterstützt, indem sie von Schadenfällen aus den eigenen Unternehmen berichteten. Hierfür meinen Dank. Damit keine Rückschlüsse auf die Beteiligten möglich waren, habe ich die Namen der Personen, der Handlungsorte und der Gerichte verändert.

Auch die Allianz, die Colonia, die Iduna, die Provinzial, die Signal und wie die betroffenen Versicherer alle heißen mögen, habe ich nicht genannt, sondern durch Phantasienamen ersetzt.

Sehr bewusst berichtete ich auch von zwei Prozessen, denen eine sich ähnelnde Tatbegehung zugrunde lag (Kapitel vier und elf). Es handelte sich jewöls um die Abtrennung eines Fingers. Aber im Ergebnis ist es zu zwei unterschiedlichen Entscheidungen gekommen: Im ersten Fall hat das Gericht in seinem Urteil dem vom Kläger geltend gemachten Anspruch auf Zahlung der Unfallversicherung trotz großer Bedenken nach dem Grundsatz in dubio pro reo entsprochen.

Im zweiten Fall ist es dagegen nach allen durchlaufenen Instanzen zu einer anderslautenden höchstrichterlichen Entscheidung gekommen: Der BGH folgte dem Vortrag des Versicherers, dass das Abtrennen des kleinen Fingers vorsätzlich geschehen sei, und somit ein Versicherungsbetrug vorgelegen habe.

Dass diese beiden Indizienprozesse zu einem unterschiedlichen Ergebnis geführt haben, ist – so schwer das manchmal nicht nur für juristische Laien zu verstehen ist – ein Beweis unseres gut funktionierenden Rechtsstaatsprinzips.

Bei den übrigen geschilderten Fällen werden Sie, liebe Leserinnen und Leser, an einigen Stellen geschmunzelt haben (exemplarisch nenne ich hier das mit *Koffer* überschriebene zweite Kapitel). Aber selbst wenn die Täterin, die Studentin ist und BAföG bezieht, Ihnen in diesem Fall ein wenig leid getan haben sollte, bedenken Sie, dass sie eine Straftat beging, und es sich auch bei ihrem Betrug keinesfalls um ein Kavaliersdelikt gehandelt hat.

Sollten Sie nun auch noch Interesse an der Historie und den Auswirkungen des Versicherungsbetrugs haben, lesen Sie die nächsten drei Seiten, die hierüber Auskunft geben.

Und auf der dann folgenden letzten Seite können Sie sich auch noch über mich informieren und über das, was ich nach meinem Berufsleben entdeckt habe: die Bildhauerei und das Schreiben.

Der Betrugstatbestand und seine Historie

Der Betrug ist ein Straftatbestand, der in § 263 Strafgesetzbuch (StGB) geregelt ist. Er zählt zu den Vermögensdelikten.

Als das StGB am 1.1.1872 in Kraft trat, waren Begriffe wie Computer- oder Kapitalanlagebetrug unbekannt. Das änderte sich in der zweiten Hälfte des 20. Jahrhunderts. Aber erst am 1.8.1986 wurden die Vermögensdelikte durch § 263 a und § 264 a StGB ergänzt.

Auch fast alle übrigen Paragrafen im Abschnitt Betrug und Untreue sind im Laufe der Jahre mehrfach modifiziert worden. So auch der § 265 StGB, damals noch mit Versicherungsbetrug überschrieben. Bis zum 1. April 1998 wurde der Tatbestand eines Versicherungsbetrugs bejaht, wenn bei der Tat mindestens eine der beiden dort aufgeführten Arten der Begehung verwirklicht worden war. Die enge Begrenzung der Tatbestandsmerkmale führte zur völligen Erneuerung der Norm. Seit dem 1. April 1998 diente sie nur noch der Klärung, ob in der Tatbegehung ein Versicherungsmissbrauch zu sehen war. Sämtliche sonstigen Betrugstatbestände wurden entweder explizit in den übrigen Paragrafen des Abschnitts *Betrug und Untreue* erwähnt oder ließen sich unter der unveränderten Norm des § 263 Absatz 1 StGB subsumieren.

Auswirkungen des Versicherungsbetrugs

Der Versicherungsbetrug ist so alt wie die erste Versicherung. Leider wird er von vielen Menschen, ähnlich wie bei der Steuerhinterziehung, als Kavaliersdelikt angesehen. Das geringe Risiko der Verfolgung und der Bestrafung hat bei den meisten Versicherungsbetrügern zu einer sehr niedrigen Hemmschwelle geführt.

Aktuell schätzt der Gesamtverband der Deutschen Versicherungswirtschaft (GDV) das Volumen des jährlichen Schadens durch Versicherungsbetrug auf etwa vier Milliarden Euro: Ungefähr die Hälfte dieser Summe entfalle auf die Kraftfahrtversicherung, etwa ein Viertel auf die Sachversicherung und rund eine halbe Milliarde Euro auf die Allgemeine Haftpflichtversicherung.

Schon 1996 ging das Bundeskriminalamt (BKA) – gestützt auf Umfragen in der Versicherungsbranche – davon aus, dass bei einzelnen Versicherungssparten 25 bis 40 Prozent der Schadenfälle manipuliert seien.

Das BKA forderte die Versicherer deshalb auf, neben der Kontrolle betrügerischer Schadenfälle vor allem auch präventive Maßnahmen zu ergreifen. Erste Erfolge im Kompositbereich (Sach-, Haftpflicht-, Unfall- und Kraftfahrtversicherungen) wurden durch den Einsatz einer Betrugserkennungssoftware erzielt: Bei Indizien für das Vorliegen eines betrügerischen Schadenfalles wurde ein automatisiertes

Prüfverfahren, die sogenannte *Intelligente Schadenprüfung* (ISP) verwendet.

Bewährt hat sich im Übrigen auch das Hinweis- und Informationssystem (HIS) der Versicherungswirtschaft. Wenn dem GDV von einem in seinem Verband organisierten Versicherer ein verdächtiger Versicherungsnehmer gemeldet wird, werden dessen Daten in diesem System gespeichert.

Zusätzlich sei abschließend auch noch auf den Einsatz von Versicherungsdetektiven hingewiesen, der in vielen Fällen zur Aufklärung von Manipulationen geführt hat (vgl. *Verschollen* – Kapitel 1).

Vita

1946 wurde ich in Lüneburg geboren. Nach der Schulzeit in Mannheim und Wuppertal studierte ich Jura und Volkswirtschaft in Bonn und Hamburg. Die Referendarzeit nach dem ersten Staatsexamen absolvierte ich in Hamburg, wo ich auch im Versicherungsrechtlichen Seminar von Prof. Dr. Karl Sieg als Assistent tätig war und an einem seiner Versicherungskommentare mitwirkte.

Fast dreißig Jahre lang war ich anschließend bei einem Allspartenversicherer in mehreren Positionen tätig, zuletzt als Geldwäschebeauftragter und Leiter der Konzern-Rechtsabteilung.

Verheiratet bin ich seit 1972 und Vater von zwei Kindern. Ab 2005 widmete ich mich der Bildhauerei und seit 2008 der Schriftstellerei.

2009 veröffentlichte ich meinen Debütroman **Grenzenlos** (inzwischen als Print vergriffen und in einer überarbeiteten Fassung unter dem Titel **Das Dossier** als E-Book erhältlich). 2011 folgten mein erster Bergischer Krimi **Gabriel oder das Versprechen**, 2013 **Überleben bis zum Tod**, 2015 **Zampano**, 2018 **Nicht die Zeit zu sterben** und 2022 **Tatort Schwebebahn**. Zu allen Romanen gab es zahlreiche Lesungen in Hamburg und in NRW.